# 사랑이 머문 자리들

## 사랑이 머문 자리들

© 유한나, 2014

**1판 1쇄 인쇄**__2014년 01월 10일
**1판 1쇄 발행**__2014년 01월 15일

**지은이**__유한나
**펴낸이**__양정섭
**펴낸곳**__작가와비평
　　　　**등 록**__제 2010-000013호
　　　　**블로그**__http://wekorea.tistory.com
　　　　**이메일**__mykorea01@naver.com

**공급처**__(주)글로벌콘텐츠출판그룹
　　　　**대표**__홍정표
　　　　**편집**__노경민 최민지 김현열　　**디자인**__김미미　　**기획·마케팅**__이용기　　**경영지원**__안선영
　　　　**주소**__서울특별시 강동구 천중로 196 정일빌딩 401호
　　　　**전화**__02-488-3280　　**팩스**__02-488-3281
　　　　**홈페이지**__www.gcbook.co.kr

**값** 15,000원
**ISBN** 979-11-5592-105-0 03810

# 사랑이 머문 자리들

빛이 어둠 속을 걸어간 이야기

−이스라엘 성지편−

유한나 지음

작가와비평

유난히 뜨겁던 작년 여름서부터 한파와 폭설로 발을 동동 구르던 지난 겨울을 지나 또 하나의 여름이 뜨겁게 대지를 달구는 7월이 가고, 생명력을 이기지 못하여 씨앗을 터치고 나오는 새싹처럼, 이 원고가 독자님들을 만나게 되었습니다. 원고를 쓰는 동안도 그리고 출판하기까지의 삶의 여정도 흡사 예수님 사랑자리 그림자와 같았습니다.

순전히 주님의 은총에 힘입어서, 예수님께서 태어나시고 복음을 전파하시며, 십자가에 달리시고 부활하신 곳까지, 그분의 자취를 최대한 더듬었고 상상했고 그것을 적어 보았습니다. 본문에 인용한 성경말씀은 개신교와 천주교의 화합과 일치를 위해 공동번역을 택했으며, 사진들은 이스라엘의 예수님 무덤교회에서 살고 계시는 김상원 테오필로 신부님께서 복음 전파의 유익을 위해 흔쾌히 여러 차례의 성가심과 번거로움을 마다하지 않으시고 아낌없이 제공하여 주셨습니다.

뒷표지 사진을 제공해 주신 정봉채 우포 사진 작가님과 기도와 격려로 힘이 되어 주신 손영철 한전 노조위원장님께도 감사를 드립니다.

책 언제 출간되느냐고 일년 내내 물어 주신 유재창 작은 오빠와 재호 오빠, 완이 오빠, 성은혜, 하문자, 김란희 언니께도 고마운 마음을 전합니다.

그리고 표지를 디자인하여 주시는 장상현 시인께서는 몇 달에 걸쳐 일러스트를 독학하여 기꺼이 표지를 완성하여 주셨으니 또한 감사한 마음 다 표현할 길이 없습니다.

이 원고를 끝까지 완성해서 저는 행복합니다. 저 혼자만이 아닌 여러 이웃분들의 뜨거운 사랑의 힘으로 출간된 이 책을 독자 여러분들께 조심스레 펼쳐 보입니다.

2013. 10. 30
경포 바다 솔향마을 초당동에서 유한나

# 목차

작가의 이야기 04

베들레헴

좁은 문 12 I 구원의 샘 14 I 구주 예수님 17 I 바로 주님이십니다 19 I 가만
히 오신 하느님의 아들 22 I 메리 크리스마스 25

가나 혼인잔치 성당

예수님께서 기다리시는 잔치 30 I 사랑의 예수님, 돌 항아리의 포도주 32

갈릴리 호수

기도하는 섬 36 I 그리스도의 식탁 39 I 님의 집 40 I 갈릴리 호수를 바라보
며 42 I 마음이 가난한 자의 행복 43 I 무교병 한 조각 46 I 들꽃처럼 살기
나 하지 49 I 참 행복 기념 성전의 꽃 52 I 풍랑 이는 갈릴리 호수 54 I 넌 날
사랑하느냐 57

주님의 기도 교회

주님의 기도 교회 61 I 여러 나라 말의 주님의 기도문 62 I 작은 불꽃, 예수
아기의 성녀 소화 데레사 64

홍해

바닷가 종려나무 68 I 붉은 노을처럼 아름답게 저물 수 있다면 70 I 빛나는
바다를 73 I 부활의 태양이 떠오를 때 75 I 홍해 일몰의 바다에서, 펠리칸 76

# 목차

## 타보르 성당

타보르 성당 유도화 80 ｜ 하느님의 사람 모세 83 ｜ 손바닥 선인장 86 ｜ 타보르 성당 수도원 정원 88 ｜ 성탄과 성체성사의 신비 90 ｜ 불의 사람 엘리야 92 ｜ 승리의 부활 95 ｜ 성체성사 97 ｜ 타보르 수도원 시계탑 99 ｜ 하느님의 어릿광대 102 ｜ 당신의 정원에서 104

## 최후만찬의 성당

예수님 닮은 펠리칸 109 ｜ 타오르는 불길로 110

## 겟세마니 동산의 예수님

소망과 부활의 빛을 기다립니다 114 ｜ 말고의 귀를 줍는 예수님 116 ｜ 생과 사를 가르는 입맞춤 118 ｜ 어느 늙은 아버지의 노래 120 ｜ 종소리 122 ｜ 겟세마니 성당의 올리브나무 124

## 베드로 통곡 성당

학대받는 하느님, 밧줄에 달린 예수님 129 ｜ 베드로의 설교 131 ｜ 하느님을 심판하는 사람들, 빌라도 법정 133 ｜ 예루살렘의 비둘기 134 ｜ 나를 누구라 생각하느냐, 천국열쇠 136 ｜ 베드로처럼 울 수만 있어도 138 ｜ 지하 감옥 속의 예수님 140 ｜ 내가 무슨 말을 하고 있는 건가 143 ｜ 그대여 모른다 하지 마세요 145 ｜ 베드로의 장모 147

# 목차

예루살렘

빛과 생명, 예루살렘 시온성 151 ㅣ 생각하는 나귀 153 ㅣ 광야, 예루살렘 156ㅣ 유대인이 믿는 것 159 ㅣ 예수님을 태운 나귀 162

십자가의 길

이스라엘 백성의 선택, 빌라도 법정(십자가의 길 제1처) 167 ㅣ 때리는 사람들 (십자가의 길 제2처) 170 ㅣ 첫 번째 쓰러지심(십자가의 길 제3처) 172 ㅣ 십자가의 길(십자가의 길 제4처) 174 ㅣ 복 있는 시몬(십자가의 길 제5처) 176 ㅣ 베로니카의 수건(십자가의 길 제6처) 179 ㅣ 무거운 십자가(십자가의 길 제7처) 181 ㅣ 여인들을 위로하심(십자가의 길 제8처) 183 ㅣ 세 번째 넘어지심(십자가의 길 제9처) 185 ㅣ 십자가 나무에서 187 ㅣ 오래된 창 191 ㅣ 지금 우리가 걷는 길 193 ㅣ 발자국 소리 195 ㅣ 조각난 하늘 197 ㅣ 갈보리 가는 길 199

성 분묘 성당

예수님의 옷을 벗기다(십자가의 길 제10처) 203 ㅣ 못 박히심(십자가의 길 제11처) 204 ㅣ 산제사, 운명하심(십자가의 길 제12처) 206 ㅣ 아들의 죽음을 받아 안은 성모 마리아(십자가의 길 제13처) 208 ㅣ 죽음에서 부활로(십자가의 길 제14처, 제15처) 210 ㅣ 어디로 가고 계신가요(수도자의 노래) 212 ㅣ 어머니의 눈물 214 ㅣ 막달레나 마리아 216

# 목차

예수님 승천 성당

    님의 발자국 221 ㅣ 천사의 눈물 224

성 안나 성당

    인간 예수의 외갓집 229 ㅣ 벳자타 연못 230

세례자 성 요한 성당

    세례자 성 요한의 강력한 충고 234 ㅣ 예수님을 먼저 생각하는 사람 236 ㅣ 러시아 방물장수의 십자가 238

예수님의 사람들

    마리아와 꽃석류 243 ㅣ 성모 마리아님의 복되신 잠, 성모 영면 성당 244 ㅣ 카르멜 수도원 247 ㅣ 나무여 너와 함께 248 ㅣ 그 먼 여행을 위한 배웅 249

# 베들레헴

좁은 문

구원의 샘

구주 예수님

바로 주님이십니다

가만히 오신 하느님의 아들

메리 크리스마스

# 좁은 문

큰길로

길 없는 곳에 길을 내고

좁은 길 넓혀 가며

너도 나도

큰길로 달려간다

외로운 거 싫어

무리 지으며

여러 사람이 좋아하면

틀린 것도

옳은 것이 되는 세상에서

좁은 문으로 들어가라는

예수님 말씀

겸손하게

낮추어야 들어가는

좋아할 사람 아무도 없는

불편하고 외로운

좁고도

작은 문으로

들어가야 참 제자가 되는데⋯⋯

예수 탄생 교회 출입구

## 마태오 복음서 제7장

**13** "너희는 좁은 문으로 들어가라. 멸망으로 이끄는 문은 넓고 길도 널찍하여 그리로 들어가는 자들이 많다.

**14** 생명으로 이끄는 문은 얼마나 좁고, 그 길은 얼마나 비좁은지, 그리로 찾아드는 이들이 적다."

# 구원의 샘

예수탄생 바실리카에선
우물가 여인에게 말씀하신
목마르지 않는
생명의 물이 솟아난다.
모든 샘들의 근원인
이 샘에 신비한 물은
영혼의 갈증을 풀어주는
달큰한 천국의 물

마르지 않고 솟아나는
복된 물을
누구도 멈출 수 없다.

구원의 이 샘물은
예수님께서 터뜨려 주신
자비의 생명수

낮은 데 목마른 이들 찾아
끊임없이 솟구쳐
죄와 노동으로 찌들고
메말라 비틀어진 목숨을
부활의 영광으로 살려내는
영생의 물이다.

**요한 묵시록 제21장**

6 또 나에게 말씀하셨습니다. "다 이루어졌다. 나는 알파이며 오메가이고 시작이며 마침이다.
나는 목마른 사람에게 생명의 샘에서 솟는 물을 거저 주겠다.

예수 탄생 바실리카

# 구주 예수님

완전한 행복이 있는 천국에 머물러 계시어, 하느님의 사랑과 천사들의 노래로 기쁨을 맘껏 누리실 수 있는 하느님의 아드님께서, 육신을 입으시고 마리아의 몸을 통해 죄인들을 찾아오심을 생각하면 언제나 당혹스럽습니다.

인간이 이웃을 진실로 사랑할 줄 모르고 제부모 제형제 제자녀도 사랑할 줄 모르는 존재가 되어 죄악 중에서 어둡게 죽어 가는 것을, 영원한 사랑의 십자가 구원의 피를 친히 흘리어 적셔 주시고, 지옥 불에 빠져서 완전한 고통의 시간을 끝없이 보낼 인간에게, 스스로 속죄양이 되시어 가느다란 풀 같고 안개 같은 하루살이 인생들을 양을 치는 목자같이 친히 손잡아 구원해 주시니 그 크신 은혜 감사하고 감사합니다.

예수님을 따른다 믿는다 하면서도 당장의 삶에 눈이 멀어 이웃을 사랑치 못하는 것이 습관이 되어 버린 이 세태에 은총의 단비를 부어주시어, 베드로처럼 통곡의 눈물을 쏟아 회개하게 하여 주시길 바랍니다.

주님의 말씀을 잠시 버려두고 제멋대로 살다가 죽을 때가 다 되어 주님의 이름을 조심스레 부르는 인생이 되게 하지 마옵시고, 어려서나 젊어서나 늙어서나 주님의 말씀을 양식 삼아, 시냇가에 심어 놓은 나무처럼 푸르고 싱싱하게 살아가기 원합니다.

죄악으로 어두워져 탄식하지 않게 하시고, 주님의 은총을 입어 풍요로워졌을 때 이웃을 업신여겨 그들을 슬프게 하는 어리석은 부자가 되지 않게 하여 주시옵소서.

사랑의 구주 예수님, 세상이 많이 발전하여 해 저문 밤은 환히 밝힐 줄

아나 영혼은 더 어두워진 이 시대를 용서하시고, 예수님의 이름을 부르며 뼈 아픈 눈물을 쏟는 이들에게 위로의 은총으로 화답하여 주시옵소서. 높고 화려한 장소를 피하시고 가장 낮은 말구유를 택하여 나신 아기 예수님, 십자가 위에서 고난 받으신 예수님, 몰라서 행한 그들의 죄를 사하여 주시고 자비를 베풀어주시옵소서. 예수님의 이름을 부르는 배고프고 헐벗고 병들고 외로운 가련한 인생들의 기도에 귀 기울여 주시고, 올바른 신자의 길을 죽는 날까지 걷게 보호하시여, 기쁨으로 찬미의 노래를 하늘 높이 울려 퍼지게 부르도록 인도하여 주시옵소서. 베들레헴 마구간에서 나시어 십자가 위에서 고통 중에 돌아가신 구원의 주 예수님 이름으로 기도드립니다. 아멘

베들레헴 탄생별

**마태오 복음서 1장**

**20** 요셉이 그렇게 하기로 생각을 굳혔을 때, 꿈에 주님의 천사가 나타나 말하였다. "다윗의 자손 요셉아, 두려워하지 말고 마리아를 아내로 맞아들여라. 그 몸에 잉태된 아기는 성령으로 말미암은 것이다."

# 바로 주님이십니다

내가 하고 싶은 것을 못하게 하신 이도
내가 할 수 없는 것을 하게 하신 이도
주님이십니다.

이 깊은 세상의 구렁텅이 속으로 끝없이
떨어뜨려 낮아지게 한 이도,
눈물의 빵을 씹으며 감사하게 한 이도
주님이십니다.

캄캄한 밤에 기도의 창을 내어
별빛 같은 희망을 보게 한 이도,
서러운 아침에 작은 새를 보내어
잃어버린 노래를 다시 부르게 한 이도
주님이십니다.

슬픔이 무엇인가를 알게 한 이도,
참된 기쁨은 찢어진 마음속에
빛나고 있음을 알게 한 이도
주님이십니다.

사랑이 깊어갈수록 더욱 외롭게 하시어

눈물로 단련된 짭짤한 마음으로

성숙하게 한 이도,

주님 아니면 살 수 없는 나를

오히려 기뻐하시는 이가

바로 주님이십니다.


가장 약한 것으로 강한 것을 부끄럽게 하신 예수 그리스도, 천한 자리에 서심으로 귀하게 되신 예수 그리스도의 제자된 기독교인들의 가는 길은 세상의 빛과 소금으로 사는 것이다.

이웃의 고난과 어려움을 외면하고 나만 고상하게 예배드리며 임무를 다했다 하며, 평안한 것은 이기적인 신앙이다. 이러한 평안은 버틸 수 없는 한계에 이르게 된 이웃들의 부르짖음으로 무너지게 될 수도 있다.

예수 탄생 교회 내부

## 마르코 복음서 제12장

**33** 또 '마음을 다하고 생각을 다하고 힘을 다하여 그분을 사랑하는 것'과 '이웃을 자기 자신처럼 사랑하는 것'이 모든 번제물과 희생 제물보다 낫습니다.

# 가만히 오신 하느님의 아들

당신은 어린아이의 생각처럼
엉뚱한 길로만 오십니다.

대추나무 잎사귀 피어나듯
죽은 듯 없다가
어느 결에 계십니다.

흐린 날에 들려오는
먼 곳의 기차소리처럼
아련히 아련히
가슴속을 헤집다가
안개처럼 자욱하게
마을을 덮치십니다.

여린 풀잎인 척
풀밭에 숨으시다
예리한 쇠 화살로
우리의 슬픔과 고통을
쏘아 떨어뜨려 주십니다.

천둥 번개치듯 큰소리를 울리면서 우르릉 꽝꽝 오시지, 초라한 목수의 아들로 돌·동굴·마구간에 달랑 오셨으니 하느님의 아들이라고 믿지 않았다. 물론 동방 박사들이 예물을 갖고 멀리서 찾아오고 헤롯이 새로 태어난 아기들을 죽이라고 명령한 것은 매우 심상치 않은 일이 지구에 벌어지기 시작했음을 예고한다. 그리고 이 일은 지금도 진행중이다. 예수님께서 돌아가시고 아무 일도 일어나지 않았으면 유대인들의 해프닝이었지만, 제자들과 사람들이 보는 앞에서 유유히 부활하셨고, 지금도 성령님과 천사들을 통하여 인간들의 일을 살피고 계시기 때문이다. 그리고 유대인들은 예수님께 최후의 만찬을 들게 했지만 우리에겐 최후의 심판이 기다리고 그 심판은 예수님 피의 공로로 피할 수 있다.

예수 탄생 교회 마리아와 아기 예수 성화

## 마태오 복음서 제11장

**25** 그때에 예수님께서 이렇게 말씀하셨다. "아버지, 하늘과 땅의 주님, 지혜롭다는 자들과 슬기롭다는 자들에게는 이것을 감추시고 철부지들에게는 드러내 보이시니, 아버지께 감사드립니다."

# 메리 크리스마스

캄캄한 밤을 흐르던
금빛 별 하나 따라갔을 때
베들레헴 마구간엔
사랑이신 아기 예수님
누워 계셨지

힘겨운 세상에서
기쁨으로 베푸는
아름다운 손길 하나 따라서 가면
사랑이신 하느님
만날 수 있지
메리 크리스마스
오늘은 너를 위해
노래를 부르마

메리 크리스마스
오늘은 너를 위해
선물을 마련하마

아니면 나를 위해서라도
메리 크리스마스

하늘엔 영광
땅에는 평화
우리들 마음속엔 뜨거운 사랑

저 높은 곳에서
베들레헴으로
그 낮은 곳에서
이 넓은 세상으로
아픈 이에게 가난한 이에게
외로운 이에게 고통 받은 이에게
어린이에게 노인에게
메리 크리스마스
사랑하는 사람에게도
미워하는 사람에게도
다 함께 메리 크리스마스
죄 없이 잉태된 귀하신 아기
하느님의 외아들 예수
하늘나라 사랑을 선물로 안고
동정녀 마리아에게서 나신
복되고 기쁜 날
하늘과 온 땅에 하느님의 영광이
가득한 날
메리 크리스마스

예수 탄생기념 성당의 정교회식 중앙제대

## 루카 복음서 2장

8  그 고장에는 들에 살면서 밤에도 양떼를 지키는 목자들이 있었다.
9  그런데 주님의 천사가 다가오고 주님의 영광이 그 목자들의 둘레를 비추었다. 그들은 몹시
   두려워하였다.

# 가나 혼인잔치 성당

예수님께서 기다리시는 잔치
사랑의 예수님, 돌 항아리의 포도주

# 예수님께서 기다리시는 잔치

현대인은 자신과 직접적인 이해관계가 있는 곳에만 대부분의 사람들이 관심을 기울인다. 그래서 어느 나라에서는 낳아주고 길러준 부모보다 반려견이 더 우선순위를 차지한다는 것은 이미 잘 알려진 사실이고 우리나라도 그 추세를 따라잡고 있는 것 같다. 철없는 딸이 아빠는 폐암에 걸려죽느니 사느니 하는데, 집에 강아지를 기르자고 떼쓰는 장면을 본 적 있다. 자신의 감정과 육적인 유익이 없으면 제부모형제도 쳐다보지 않는 경우가 많아져 개인의 고립화가 빨라지고 있다. 아까운 내 젊음, 노인네 병수발하다 모두 흘러가면 어쩌나 싶어서, 늙은 부모를 모실 수 없다는 이유를 탓할 수 없는 세대이다.

게다가 잔칫상 차려 놓고 오라 해도 자기 마음이 원하는 곳으로 놀러간다. 결국 사람들은 잔치에 초대받아도 가지 못하게 자기만의 일로 바빠진 것이다. 더 즐겁고 행복해지지도 못하면서 휴대폰 통화료만 잔뜩 올리는 생활을 한다.

예수님께서 말씀하신 잔치에도 사람들은 응하지 않는다. 그들에겐 더 끌리는 다른 곳이 있기 때문에 그랬을 것이다. 예수님께서 선포하신 팔복에 해당하는 사람이라면 아마 초대에 얼른 갔을 것이다. 마음이 가난하니까, 애통하며 마음이 깨끗한 사람이니까, 의에 주리고 목마르며, 색깔이 다르니 불러주는 사람 없고 세상과는 코드가 맞지 않는 사람이라 의지할 것이라곤 예수님밖에 없는 사람들이다.

인생이 짧으니 여름 꽃들이 다투어 피듯 열심히 수단 방법 가리지 않고 벌어서 한바탕 원 없이 신명나게 놀다 가자는 사람과, 인생은 짧으니 영원

가나 혼인잔치 교회

의 세계를 준비하고 인내하며 바로 살자는 사람으로 대략 나뉘어진다. 살아 있는 동안 같은 태양 아래서 같은 공기를 마시며 살도록 자비를 베푸시지만 알곡과 쭉정이와 예복을 준비한 사람과 아닌 사람은 반드시 가려진다고 했다.

다른 잔치라면 모르지만 그래도 예수님께서 초대하신 잔치엔 꼭 가야 한다. 예수님께서도 친히 가나 혼인잔치에 가셔서 떨어진 포도주도 보충해 주는 이적을 베푸셨다. 예수님 저희를 잔치에 불러주세요. 그리고 예복을 갖추고 갈 수 있도록 도와주시어요.

**마태오 복음서 22장**

1    예수님께서는 또 여러 가지 비유로 그들에게 말씀하셨다.

2-3  "하늘나라는 자기 아들의 혼인잔치를 베푼 어떤 임금에게 비길 수 있다. 그는 종들을 보내어 혼인잔치에 초대받은 이들을 불러오게 하였다. 그러나 그들은 오려고 하지 않았다.

11   임금이 손님들을 둘러보려고 들어왔다가 혼인 예복을 입지 않은 사람을 보고,

14   사실 부르심을 받은 이들은 많지만 선택된 이들은 적다", 혼인 예복을 입지 않은 사람 하나를 보고,

12   '친구여, 그대는 혼인 예복도 갖추지 않고 어떻게 여기 들어왔나?' 하고 물으니, 그는 아무 말도 하지 못하였다.

13   그러자 임금이 하인들에게 말하였다. '이 자의 손과 발을 묶어서 바깥 어둠 속으로 내던져 버려라. 거기에서 울며 이를 갈 것이다.'

# 사랑의 예수님, 돌 항아리의 포도주

예수님께서는 예수님의 때가 이르지 아니 하셨고, 혼인잔칫집 사람들이 먹고 마시고 취하여 크게 떠드는 세상적인 쾌락과는 상관 없는 분이셨다. 그럼에도 어머니 마리아의 부탁을 들어주시는 효자로서의 예수님 모습을 보여주셨다. 잔칫집에 포도주가 떨어지는 것은 혼인잔치의 흥이 깨지고 손님에게는 결례가 되고 주인은 당황스러운 상황이다. 그러나 자비하신 마리아께서 그들의 어려움을 돕고자 예수님께 부탁드렸다. 마리아께서는 예수님의 능력을 알고 계셨기 때문이었다.

예수님, 우리들에게 부족한 것은 하늘나라의 영적인 것과 상관없지만, 인간적인 삶에는 있어야 할 필요한 것들이 늘 있습니다. 마리아께서는 무엇이든지 예수님께서 시키는 대로 하라고 일러주셨습니다. 예수님, 여섯 개의 돌 항아리에 물을 붓겠습니다.

저에게 있는 빈 그릇을 예수님 채우라는 것으로 채울 수 있는 믿음을 허락하여 주시옵소서.

기도이든 찬송이든 친절이든……

하늘나라의 선한 것들로 채워 주시옵소서.

가치 없는 제가 채운 것들이 사람들을 대접할 수 있는 맛난 포도주로 변화되기 원합니다.

예수님께서 변화시킨 포도주로 저와 사람들을 대접하며, 가나 혼인잔치 같은 허탄한 이 세상살이를 잘 마칠 수 있도록 크신 은총 베풀어주시옵소서. 예수님 이름으로 기도드립니다. 아멘.

가나 혼인잔치 교회 포도주 항아리들

# 갈릴리 호수

기도하는 섬

그리스도의 식탁

님의 집

갈릴리 호수를 바라보며

마음이 가난한 자의 행복

무교병 한 조각

들꽃처럼 살기나 하지

참 행복 기념 성전의 꽃

풍랑 이는 갈릴리 호수

넌 날 사랑하느냐

# 기도하는 섬

결국은 하나의 섬이 됐다
언어는 혼자서만 길들고
일인칭의 독백만이 웅얼거린다.


파도에 씻기어
스스로를 잃어가는
영혼만이 빛나도록
하늘에선 아무 것도
변한 게 없다


반짝이는 별과
낮에 태양이나
밤에 달조차
태초의 법칙 그대로이다


머언 바다로 던져진
작은 섬엔
기도만이 진화되어
높이 솟은 외눈박이
등대처럼
폭풍의 밤을 위해
깨어 있다.

갈릴리 호수

## 마태오 복음서 제5장

**14** 너희는 세상의 빛이다. 산 위에 자리 잡은 고을은 감추어질 수 없다.

**15** 등불은 켜서 함지 속이 아니라 등경 위에 놓는다. 그렇게 하여 집 안에 있는 모든 사람을 비춘다.

**16** 이와 같이 너희의 빛이 사람들 앞을 비추어, 그들이 너희의 착한 행실을 보고 하늘에 계신 너희 아버지를 찬양하게 하여라

베드로 수위권 교회의 그리스도의 식탁

# 그리스도의 식탁

식탁 위에는 우리를
찾아오신 하느님의 은총이
놓여진다.
식탁 위의 기적은 흙과
대지 위에 쏟아지는
뜨거운 태양의 도움
농부의 땀과
가족 모두의 수고와
희생이 곁들어 진다.
갈릴리 바닷가에 차리신
그리스도의 식탁은
끼니마다 우리 앞에 차려진다.
이 식탁을 맞을 때마다
고백되는 감사의 기도가 있다.


**로마 신자들에게 보낸 서간 제12장**

**14** 여러분을 박해하는 자들을 축복하십시오. 저주하지 말고 축복해 주십시오.

# 님의 집

엄마를 그리는 젖먹이 아기처럼
내 주님을 떠나서는 잠시라도
견딜 수 없어 서둘러
집으로 돌아옵니다.
님 계시는 갈릴리 호숫가의
변치 않는 바위 위에
단단하게 지어진 님과 나의 집
난 이곳에서 내 님을 섬기며 삽니다.
아침이면 호수에 눈을 씻으며
님이 주신 떡과 생선으로 배를 불리고
제단 앞에 나아가 찬미의
노래를 바칩니다.
종려나무가지에서 지저귀는 새처럼
님을 위한 내 노래는
갈릴리 호수를 흔드는 바람과 같이
하루도 멈추지 않습니다.
나는 갈릴리 호숫가의 검은 벽돌집에서
님의 향기가 되고 눈길이 되어
하늘 빛깔 한 떨기 꽃으로
사는 것이 참 행복합니다.

베드로 수위권 교회

## 마르코 복음서 제4장

1   예수님께서 다시 호숫가에서 가르치기 시작하셨다. 너무 많은 군중이 모여들어, 그분께서는
    호수에 있는 배에 올라앉으시고 군중은 모두 호숫가 뭍에 그대로 있었다.

# 갈릴리 호수를 바라보며


고기 잡으러 나간 제자들을 만나러

부활하신 예수님 찾아오신 갈릴리 호숫가

바위 식탁에 빵과 구운 고기를 마련하시고

제자들을 불러 먹이시던 예수님

베드로야, 네가 나를 사랑하느냐

물으시는 예수님 음성을

갈릴리 호수는 물 위에 적어놓고

언제나 두근거리며 물결칩니다.

갈릴리 호수는 물 위로

예수님이 걸어오신

그때가 가장 행복했습니다.

예수님께서 풍랑을 멈추어라

명령할 때, 얼른 그분의 명령에

순종했던 갈릴리 호수를 바라보면

베드로야, 부르는 그분의 음성이

우리를 부릅니다.


**마태오 복음서 제4장**

**18** 예수님께서는 갈릴리 호숫가를 지나가시다가 두 형제, 곧 베드로라는 시몬과 그의 동생 안드레아가 호수에 어망을 던지는 것을 보셨다. 그들은 어부였다.

**19** 예수님께서 그들에게 이르셨다. "나를 따라오너라. 내가 너희를 사람 낚는 어부로 만들겠다."

# 마음이 가난한 자의 행복

그는 바라는 것이 아무 것도 없어졌습니다.

먹고 싶은 것도 갖고 싶은 것도 가고 싶은 곳도 없어졌습니다.

없어진 게 아니라 구할 수 없어서였습니다.

주머니가 가난해지며 마음도 가난해졌습니다.

그는 숨만 쉬는 걸어다니는 나무처럼 되었습니다.

식물인간은 하늘만 마음껏 쳐다볼 수 있습니다.

비가 내리면 비도 흠뻑 맞을 수 있었습니다.

바람에 옷자락을 날릴 수도 있었습니다.

그는 아무도 만날 수 없었습니다.

만날 수 없는 게 아니라 사람들이 가난한 사람을

필요로 하지 않았습니다.

그는 돌멩이처럼 길가로 피해서 뒹굴고 다녔습니다.

나의 날은 이제 다했는가보다 중얼거리며

이 세상에 길들이 참 많고 넓어도 나의 도움이 올 길은

없구나.

그는 산을 보았습니다. 나의 도움이 어디서 올꼬.

산은 멀리 서 높고

하늘은 더 높은 데서 파랗기만 하구나.

그의 마음속엔 갈망하는 마음조차 없어져 버렸습니다.

사실, 마음이 가난해지는 것은 주머니가 가난해지는 것보다

훨씬 힘든 일입니다.

힘들게 산을 오른 사람이 볼 수 있는 것은 발 아래 펼쳐진
멋진 풍경처럼
버리고 버려지고 잃고 잊은 자만이 이르는
한 그루 나무 같은 식물적 가난
마음이 가난한 자가 백성 되는 하느님 나라
마음이 가난한 자는 행복합니다.
이 행복은 돈 없이 얻은 행복입니다.
바랄 것이 하느님밖에 없는 사람은
예수님께서 지정하신 팔대 복 중에 하나를
누리는 것입니다.

사랑이 머문 자리들

참 행복선언 기념 교회

# 무교병 한 조각

나는 아침과 저녁으로
당신의 제단에 놓여지는
무교병 한 조각
부풀지도 않고 빛깔도 없이
하얀 조약돌 같은 사랑입니다.
오직 당신을 섬기는 마음으로
정결하게 배부르고
당신을 사랑하는 사랑으로
일곱 색깔 무지개가 됩니다.
내가 받은 분깃은 예수님이
알려주신 천국의 여덟 가지 복
어느 날은 외로워서 바람결에
나부끼다 놀랄 적도 있지만
알 수 없는 그리움에 문 밖을
오랫동안 바라볼 적도 있지만
나는 팔복으로 행복한 주님의 신부
제단 앞에 드려진 무교병 한 조각
예수님께서 피로 사신 한 점 살입니다.

그리스도인은 예수님께서 세상에게 미움 받아 십자가에 못 박혀 돌아가신 것처럼, 미움 받는 것이 당연하다. 그리스도인이라 하면서 온갖 부와 낙을 누리는 것은 옳지 않다. 진정한 그리스도인은 고독하고 가난하고 세상에서 버린 받은 사람과 함께 해야 한다. 지금 축제와 같은 분위기로 들떠 있으면 어려운 그리스도인의 이야기가 된다. 누구든지 할 수 있는 쉬운 일이 아니다. 사도바울은 자신의 선교여행의 상황에 대해서, 정처 없으며 매 맞고 쓰레기 같고 만물의 찌꺼기같이 지낸다고 기록한다. 이 시대에 이런 것을 강요한다면 힘들어서 달아나는 사람도 있을 것이고, 옳은 일이라고 달려오는 사람도 있을 것이다. 예수님께서 알려주신 팔복에는 이 땅에서 배불리 먹고 마시고 즐기기는 없다.

**마태오 복음서 제5장**

11  사람들이 나 때문에 너희를 모욕하고 박해하며, 너희를 거슬러 거짓으로 온갖 사악한 말을 하면, 너희는 행복하다!

참 행복선언 기념 교회 제대

# 들꽃처럼 살기나 하지

비 오면 젖어서
해 나면 꽃펴서
즐거워라 차차차
들꽃처럼 살기나 하지

사람으로 사는 일이
들꽃보다 고달퍼라
들꽃보다 서러워라

가을 오는 언덕에서
고운 옷 차려입고
님 기다리며 한나절
들꽃처럼 살기나 하지

가을은 창밖에서
문을 두드리는데
고개를 떨구고
기도하는 사람도
들꽃처럼 살기나 하지

들꽃은 들꽃처럼
사람은 사람처럼
하느님은 하느님처럼
사랑하며 행복하게
살기나 하지

공중을 나는 새는 수고도 하지 아니 하며 공짜 먹이로 살아가고, 들에 핀 백합화는 베틀로 옷을 짜지 아니 하는 데도 솔로몬의 옷보다 더 화려하게 입히신다고 예수님께서는 말씀하셨다. 그런데 들꽃들은 혼자서 왜 그리 예쁘게 피어 있을까? 하느님의 천사들이 몰래 내려와서 사랑해 주고 가나?

성경에 나오는 백합화 혹은 나리꽃은 우리가 아는 하얀 백합화가 아니고 붉은 양귀비처럼 새빨갛게 핀다. 가늘고 기인 잎사귀에 꽃잎은 두 겹으로 피며 붉은 비단과 같은데, '아네모네'라고도 부르는 꽃이다.

하나에서 열까지 노동으로 살아가는 인간의 고달픈 삶⋯ 길을 지나가다 얼핏 들으니 초등학교 학생이 함께 길 걷는 친구에게 하는 말이 죽고 싶단다. 사는 게 너무 힘들어서⋯ 그 꼬맹이를 죽고 싶도록 힘들게 하는 것은 뭘까. 혼자 상상해 본다.

오늘 하루도 평화롭게 살자. 기쁘게 살자. 용기를 잃지 말자.

**루카 복음서 제12장**

**23** 목숨은 음식보다 소중하고 몸은 옷보다 소중하다.

**24** 까마귀들을 살펴보아라. 그것들은 씨를 뿌리지도 않고 거두지도 않을 뿐만 아니라 골방도 곳간도 없다. 그러나 하느님께서는 그것들을 먹여 주신다. 너희가 새들보다 얼마나 더 귀하냐?

**25** 너희 가운데 누가 걱정한다고 해서 자기 수명을 조금이라도 늘릴 수 있느냐?

**26** 너희가 이처럼 지극히 작은 일도 할 수 없는데, 어찌 다른 것들을 걱정하느냐?

**27** 그리고 나리꽃들이 어떻게 자라는지 살펴보아라. 그것들은 애쓰지도 않고 길쌈도 하지 않는다. 그러나 내가 너희에게 말한다. 솔로몬도 그 온갖 영화 속에서 이 꽃 하나만큼 차려입지 못하였다.

**28** 오늘 들에 서 있다가도 내일이면 아궁이에 던져질 풀까지 하느님께서 이처럼 입히시거든, 너희야 얼마나 더 잘 입히시겠느냐? 이 믿음이 약한 자들아!

이스라엘 들판의 아네모네

# 참 행복 기념 성전의 꽃

거룩하게 변모하신
예수님의 옷처럼 눈부신
활짝 웃는 꽃들
갈릴리 호수를
바라보며 피었다.

한 점의 티도 없으신
순결한 어린양
겟세마니 동산에서
기도하실 때
이슬처럼 맺혔던 핏방울
골고다 걸어가는
발자국 따라
희고 붉은 꽃들로 피었다.

꽃들은 마음이 깨끗한 이가 받는
하느님을 뵙는 복을 받을 것이다.

**마태오 복음서 제6장**

**28** 그리고 너희는 왜 옷 걱정을 하느냐? 들에 핀 나리꽃들이 어떻게 자라는지 지켜보아라. 그것들은 애쓰지도 않고 길쌈도 하지 않는다.

**29** 그러나 내가 너희에게 말한다. 솔로몬도 그 온갖 영화 속에서 이 꽃 하나만큼 차려입지 못하였다.

**30** 오늘 서 있다가도 내일이면 아궁이에 던져질 들풀까지 하느님께서 이처럼 입히시거든, 너희야 훨씬 더 잘 입히시지 않겠느냐? 이 믿음이 약한 자들아!

# 풍랑 이는 갈릴리 호수

지금 걷고 있는 여기가
풍랑 이는 갈릴리 호수
예수님 바라보는 눈길 떼면
그 순간 사나운 풍랑이
얼른 삼켜 버리는 곳
면 데 풍경은 아름답고
가까이엔 죽음과 은혜가 출렁이는
위험스런 물결 위
한 조각 나무토막만한
신심 위에 올라타
물 위를 건너네.
들꽃 피는 언덕에서
노래나 읊조리면 좋을 걸
바람 앞에 맞선 팽팽한 이 닻
어쩌면 진정 원했던
생이었는지도 모르지.
예수님 나를 풍랑 이는
갈릴리 호수 한가운데
던져 놓으시고
영혼의 닻줄 꽉 잡고
믿음으로 걸으라 하시네.
풍랑 이는 갈릴리 호수에서.

갈릴리 호숫가

### 마르코 복음서 제1장

**39** 그러고 나서 예수님께서는 온 갈릴리를 다니시며, 회당에서 복음을 선포하시고 마귀들을 쫓아내셨다.

베드로 수위권 교회의 예수님과 베드로

# 넌 날 사랑하느냐

신앙은 고난을 당했을 때 그 신실함이 가려진다.

"넌 날 사랑하느냐?" 억울한 일을 당했을 때에도…

"넌 날 사랑하느냐?" 가난이 너를 엄습할 때에도…

"넌 날 사랑하느냐?" 질병이 너를 삼킬 때에도…

"넌 날 사랑하느냐?" 사랑하는 이들에게 버림받았을 때에도…

"넌 날 사랑하느냐?" 부자가 되었을 때에도…

"넌 날 사랑하느냐?" 인기 스타가 되었을 때에도…

예수님, 제가 죽음만을 눈앞에 두고서야 주님만 사랑한다는

부끄러운 고백을 하지 않기 원합니다.

**베드로의 둘째 서간 제3장**

8 사랑하는 여러분, 이 한 가지를 간과해서는 안 됩니다. 주님께는 하루가 천 년 같고 천 년이 하루 같습니다.

9 어떤 이들은 미루신다고 생각하지만 주님께서는 약속을 미루지 않으십니다. 오히려 여러분을 위하여 참고 기다리시는 것입니다. 아무도 멸망하지 않고 모두 회개하기를 바라시기 때문입니다.

10 그러나 주님의 날은 도둑처럼 올 것입니다. 그날에 하늘은 요란한 소리를 내며 사라지고 원소들은 불에 타 스러지며, 땅과 그 안에서 이루어진 모든 것이 드러날 것입니다.

# 주님의 기도 교회

주님의 기도 교회
여러 나라 말의 주님의 기도문
작은 불꽃, 예수 아기의 성녀 소화 데레사

주님의 기도 교회

주님의 교회 들어가는 입구에 쓰인 "파테르 노스테르, 우리의 아버지여"

# 주님의 기도 교회

어느 성직자가 어려서 주기도문을 외우려고 애를 써도 너무 외워지지 않아 자기 전에 기도를 했단다. "예수님, 주기도문을 외우게 해주세요"라고……. 그런데 다음날 아침에 일어나니 그토록 외워지지 않던 주기도문을 외워졌다는 이야기를 들었다.

남편을 일찍 잃고 다섯 남매를 홀로 키우던 어느 홀어머니는 의지할 분이라고는 예수님밖에 없어서 잘 생긴 콩 100개를 골라놓고 밤마다 콩 한 알에 주기도문 한 번씩을 외우며 지냈다고 한다. 그 자녀들은 모두 잘 성장했다고 하는 이야기를 들었다.

주님이 가르쳐 주신 주기도문을 우리들 삶의 노래로 부르자.

# 여러 나라 말의 주님의 기도문

　주님의 기도 성당엔 아람어와 히브리어로 새겨진 돌판 주기도문에서 시작하여 성당 마당의 담벼락, 회랑벽, 그리고 성당 내부의 벽까지 80여 개의 주기도문으로 가득 차 있다. 오늘은 성당에서는 주기도문 찬송을 부르는데 두 팔을 벌려서 높이 올리고 부르라는 신부님 말씀이 있으셨다. 9월은 순교자 성월인데 주기도문이라든가 사도신경으로 신앙고백을 한다는 것은 곧 죽음을 각오해야 했던, 우리나라의 순교자님들을 생각하니 주기도문 찬송을 부른 다는 것이 가슴 벅찼다.

　나는 주기도문 중에 첫 번째로 좋은 부분이 "하늘에 계신 우리 아버지"이다. 아버지는 우리를 보호하여 주시는 분이고 키워주시는 분이다. 아버지는 우리가 잘 되도록 늘 걱정하시며 지켜보고 계신다. 아버지는 언제나 자녀의 편을 들어주신다. 아버지는 우리가 바른 길을 가도록 일러주신다. 아버지는 위급할 때에 얼른 달려와 주시는 분이시다. 그런 아버지께서 하늘에 계신 것이다. 우리 아버지는 전지전능하신 분이시다. 우리 아버지는 어디에나 계신 아버지이시다. 우리 아버지는 자비 하신 아버지이시다.

　아버지는 나의 장점과 단점을 잘 아시는 분이시다. 그러므로 나의 연약함도 알고 계신다. 그 연약함 때문에 더 나를 애틋하게 여기신다. 사탄의 심부름꾼들이 억지로 하느님 아버지의 자녀를 나쁘게 말하려고 해를 써도 아버지는 그들의 말을 듣지 않고 자녀의 사랑하는 분이시다. 아버지가 계시니까 아무도 나를 해치지 못한다. 하늘에 계신 전지전능하신 아버지가 우리 아버지, 나의 아버지이시다.

　그리고 이러하신 아버지는 이름이 거룩히 빛나시는, 영광 받으시기에 합당하신 아버지이시다. "하늘에 계신 우리 아버지"라는 말은 기독교 신 앙고백의 첫 걸음이 된다. 주님의 기도 성당에는 예수님께서 서서 제자들에게 주기도문을 가르쳐 주신 자리가 사각형으로 표시되어 있어 주님의 기도에 대해 살아 숨 쉬는 감동을 주고 있다.

주님의 기도 교회 회랑에 전시된 여러 나라 말의 주기도문들

**마태오 복음서 제6장**

7 너희는 기도할 때에 다른 민족 사람들처럼 빈말을 되풀이하지 마라. 그들은 말을 많이 해야 들어주시는 줄로 생각한다.
8 그러니 그들을 닮지 마라. 너희 아버지께서는 너희가 청하기도 전에 무엇이 필요한지 알고 계신다.

# 작은 불꽃, 예수 아기의 성녀 소화 데레사

고마리꽃

누구를 위해 피었든
꽃이었으므로

이름이 없을 때도 꽃이었고
이름을 불러주었을 때도
꽃이었듯이
고마리꽃 한 송이 같은 사랑으로
살아갈 수 있기를

스산한 9월의 개여울에서
흐려질 수 없는 다짐으로
고마리꽃 한 송이 같은 사람으로
사랑할 수 있기를

나의 말들과 생각들이
일상의 넝쿨 위에서
고마리꽃 한 송이처럼
피어날 수 있기를

고웁게 한 생애
떨어뜨릴 수 있기를

주님의 기도 교회 내부의 성년 소화 데레사 제대

"사람들이 괴로워하는 이유는 과거와 미래를 생각하기 때문입니다. 나는 한순간 순간만을 살아갑니다." 소화 데레사가 들려준 말은 불확실성의 시대를 살아가는 우리가 절실하게 필요로 하는 위로의 말이다. '소화'라는 말은 우리나라 사람들이 듣기에 잘못 오해의 소지가 있는 말이다. 일제강점기에 '소화 몇 년'이라는 말을 자주 들어 왔기 때문이다. 일본에 '소화'라는 천황이 있어서 그렇게 햇수를 불렀던 것이다. 그러나 소화라는 말은 '작은 꽃'이라는 아름답고 소박하고 겸손한 말이다. 소화 데레사 성녀는 스스로를 작은 붓이라고도 표현했다. 화가가 그림을 그릴 때는 적어도 두 개의 붓이 필요한데, 큰 붓은 바탕을 그리는 데 사용하고 작은 붓은 자잘한 부분을 처리하는 데 필요하다. 자신은 바로 자잘한 부분을 처리하는 예수님의 작은 붓이라는 것이었다. 프랑스 리지외의 외부와 봉쇄된 가르멜 수녀원에서 영혼구원과 사제들을 위한 기도를 소명의식으로 삼고 일생을 지낸 소화 데레사는 짧으나 큰 사랑을 꽃피웠다. 매우 젊은 스물네 살하고 아홉 달을 더 살다가 결핵으로 운명한 것이다.

"기도의 힘은 얼마나 대단합니까! 그것은 자신이 원하는 것을 얻기 위해서 모든 순간에 왕 앞에 자유롭게 다가갈 수 있는 여왕이라고 말할 수 있습니다." 성녀 소화 데레사는 선교의 수호자이다. 영혼구원에 대한 생전 성녀의 수도생활 목적을 교회가 인정하고 높이 존경하기로 한 것이다. 또한 아빌라의 성녀 데레사와 시에나의 성녀 가타리나에 이어 교회사에 세 분밖에 없는 여성 교회박사의 칭호를 받게 된다. 일부 사람들은 대학교육도 받지 않아서 적절치 않다는 반응을 보이기도 했지만, 포콜라레 운동 창설자 루빅 회장은 "나의 어머니인 교회 안에서 나는 사랑이 될 것입니다"라는 고백으로 자신과 하느님과의 관계를 특정 짓는 영적 태도에서 소화 데레사의 '교회박사' 자격을 예외적으로 존중했다.

"나는 모든 황홀한 환시보다도 숨은 희생의 단조로움을 선택합니다. 사랑을 위해서 핀 한 개를 줍는 것이 한 영혼을 회개시킬 수 있습니다"라고 소소하지만 중요한 사랑을 말한 성녀 작은 꽃 데레사 님께 아주 작은 고마리꽃에 대한 시 한 편을 바친다.

**마르코 복음서 제9장**

**35** 예수님께서는 자리에 앉으셔서 열두 제자를 불러 말씀하셨다. "누구든지 첫째가 되려면, 모든 이의 꼴찌가 되고 모든 이의 종이 되어야 한다."

# 홍해

바닷가 종려나무
붉은 노을처럼 아름답게 저물 수 있다면
빛나는 바다를
부활의 태양이 떠오를 때
홍해 일몰의 바다에서, 펠리칸

# 바닷가 종려나무

모세가 이끌고 온
이스라엘 백성처럼
홍해 앞에 머문 종려나무 일가족
머언 사막을 걸어오느냐
발이 부르텄을지도 모른다.
기인 잎사귀들을 파라솔처럼 펼치고
제 그림자로 그늘 짓는 나무들
모세보다 더 높이 손을 들고 기도하지만
종려나무들에게 일어난 기적은
백사장에 떨어뜨린 그림자가
태양보다 빛나고 있는 것
종려나무들에겐 여기가 가나안이다.

하느님께서는 가나안 땅으로 가기 위해 홍해 앞에 도착한 이스라엘 백성에게, 홍해가 갈라지는 기적을 행하셨지만 이스라엘 백성은 이 놀라운 하느님의 능력을 잊어버리고 하느님을 불신하는 죄를 거듭 범한다. 기적은 사실 현존하는 만물의 존재 자체이다. 그러나 우리는 하느님의 임재하심을 깜빡깜빡할 때가 자주 있다. 만약에 하느님을 잊는 순간만 없었어도 난 지금보다 더 나은 상태일 것이다. 이제 최선으로 선택하는 것은 오직 하느님의 자비하심을 구하며 감사드리는 것이다.

## 코린토 신자들에게 보낸 둘째 서간 제2장

**14** 그러나 우리는 하느님께 감사드립니다. 그분께서는 늘 그리스도의 개선 행진에 우리를 데리고 다니시면서, 그리스도를 아는 지식의 향내가 우리를 통하여 곳곳에 퍼지게 하십니다.

**15** 구원받을 사람들에게나 멸망할 사람들에게나 우리는 하느님께 피어오르는 그리스도의 향기입니다.

# 붉은 노을처럼 아름답게 저물 수 있다면

　노을 지는 흥해 바닷가의 커다란 종려나무는 내 마음을 차지하고 있는 아버지처럼 크다.

　어릴 땐 들판에 앉아 서산에 기우는 해를 보며 밤이 오는 것을 하나의 축제처럼 즐거워했다. 저녁이면 아버지께서 언제나 과자를 사들고 퇴근해 오시고, 엄마는 비로소 여러 가지 일에서 돌아와 내 곁에 눕는 나의 엄마 우리들의 엄마가 되셨다. 아버지께 옛날이야기를 조르면 한 번도 짜증내지 않으시고 피곤하단 말씀으로 거절하지 않으시고, 이야기를 날마다 들려주셨다. 우리는 포근한 남포등불 아래서 어느 땐 호롱불 아래서 도란도란 아버지의 옛이야기를 들으며 히히덕거리다 꼬물꼬물 잠이 들곤 했다.

　단 한 번도 고함치지 않으시고 욕설로 인격모독을 하지 않으셨으며 매를 들지 않으셨던 아버지께서는 교육현장에서도 그리했노라고 회고하셨다.

　아버지는 어린아이나 어른이나 상대방의 인격을 최대한 존중해 주시는 점잖으신 분이셨다. 이러한 것들이 많은 불이익을 가져오고 나쁜 사람들에게 이용당하시거나 사기 대상의 1번지이긴 하셨지만, 지금 와서 생각하면 그래도 신사적이셨으며 선비이셨으며 훌륭한 교육자이셨으며 지방신문에 장편연재소설을 두 번이나 쓰시고, 경향신문 신춘문예 당선 동화작가이시기도 하셨던 아버지의 추억이 훌륭한 유산 같기도 하다.

온유한 성품으로 남의 마음을 상하게 하지 않고 사셔서 그런지 아버지의 인생 마무리도 고왔다. 부족한 큰딸 곁에 계시고 싶어 하셔서 나와 함께 계시다 돌아가셨지만, 무엇보다 초당동 성당의 박영근 요왕 신부님과 조이 구역장님 그리고 구역 자매님들이 많은 사랑을 베풀어 주셨다.

　장례식장엔 아버지께서 평생 심었던 꽃들이 다 찾아 온듯,화환들이 꽃동산 같았다.

　요즘도 가만히 생각해 보면, 아둥바둥 남의 가슴에 함부로 못 박는 소리, 맺히는 소리해 가며 비인간적으로 살 것이 아니라, 억울해도 미련한 곰같이 꾹꾹 참아 가며 악을 악으로 갚지 않으면 끝이 아름답다는 결론이다. 서쪽 하늘을 붉게 물들이며 아름답게 저무는 노을은, 우리 안토니오 아버지께서 그리신 마지막 풍경화이다.

> 봄비는 힘이 없는데
> 봄비에 꽃잎이 지네
> (아버지의 일기장에서)

**집회서 제3장**

19  높고 귀한 사람들이 많이 있지만 주님께서는 온유한 이들에게 당신의 신비를 보여주신다.

# 빛나는 바다를

가아끔 바다는
맑은 하늘을 퍼서
얼굴을 닦습니다

누가 떨어뜨려 주었는지
비릿한 향내음 피어나는 바다에
오늘은 손님이 오시나 봅니다

하늘에서 천사들이
내려오시나 봅니다
지나가는 나그네
보석처럼 반짝이며
빛나는 바다를
갖고 오고 싶어서
두 눈에 넣어 올까
입 안에 머금어 올까
가슴에 담아 올까 하다가

그냥 종이에 적어 왔습니다
바다가 보석처럼
반짝이며 빛났다고.

바다의 얼굴은 장소마다 계절마다 시간마다 흐린 날 맑은 날 비오는 날 시시때때로 다르다. 같은 장소에서 보는 바다라도 어제의 바다가 오늘의 바다는 아니다. 우리는 바람결에 날아가는 나그네 인생, 시시때때로 주시는 하느님의 은총으로 살아간다. 두근거리는 가슴으로 하느님께서 베푸시는 자비하심을 기대해 본다.

**사도행전 제4장**

**24** 동료들은 그 말을 듣고 한마음으로 목소리를 높여 하느님께 아뢰었다. "주님, 주님은 하늘과 땅과 바다와 그 안에 있는 모든 것을 만드신 분이십니다."

# 부활의 태양이 떠오를 때

하느님 아버지의 위엄으로 그리고 어머니의 따스한 천 개의 손길로 동쪽 하늘을 어루만지며 떠오르는 태양은 아침마다 빛의 영광으로 하늘을 열며 옵니다. 완벽한 어둠 속에 몸을 숨기며 엎드리는 만물이 나직하게 겸손해지는 시간, 어서 오시어요, 생명의 빛이여, 우리들 머리 위에 빛의 양식을 내려주시어요. 지난밤은 창백한 영혼만이 작은 촛불처럼 스스로를 밝히고 있었답니다. 저 붉고 둥근 빛의 수레가 하느님 아버지의 은총을 한 알의 모래알에서부터 높고 먼 산맥 위에 퍼붓고 지나갈 때 우리들의 심장은 즐겁게 쿵쾅거리며 생명의 시간을 달음질치기 시작합니다. 어깨에 묻은 어둠을 털고 일어나야 할 시간입니다. 어린 아기들은 어머니의 젖을 더듬어 물고 새들은 벌레를 찾아 숲속을 날아오릅니다. 떠오르는 태양은 눈이 없는 이나 발이 없는 이나 귀먹은 이에게도 그리고 낙망에 빠져 있는 마른 잎사귀 같은 영혼들에게도 생명의 빛을 쏟아줍니다. 낭떠러지에 간신이 매달려 있는 허옇게 뿌리 드러낸 들풀도 그 영광에 반짝이며 화답하듯이, 이 복된 부활의 태양이 떠오르는 빛의 축제엔 생명 있는 모든 이가 함께합니다.

**창세기 제1장**

1  한 처음에 하느님께서 하늘과 땅을 창조하셨다.
2  땅은 아직 꼴을 갖추지 못하고 비어 있었는데, 어둠이 심연을 덮고 하느님의 영이 그 물 위를 감돌고 있었다.
3  하느님께서 말씀하시기를 "빛이 생겨라" 하시자 빛이 생겼다.
4  하느님께서 보시니 그 빛이 좋았다.

# 홍해 일몰의 바다에서, 펠리칸

우리들의 저녁은

같지 않다.

웃으면서 맞이하는 사람

슬픔으로 보내는 사람

그리고 다시

축제의 밤으로 이어지는 사람

다정한 이야기로

감미로운 밤이 정다운 사람

술에 취해야 하는 사람

음험한 폭력의 밤으로

얼룩져야 하는 사람

그러나

홍해에서 태양은 바다와 하늘을

붉게 물들이며 엄숙하게 진다.

서둘러 저녁먹이를 찾는

두 마리의 펠리칸

쓸쓸하지 않지만

오늘 저녁 식사가 늦었다.

곧 홍해의 하늘과 바다는

어둠 속에서 하나가 된다.

사랑하는 사람들처럼.

동해 바닷가를 자주 서성인다. 그러나 늘 바다는 나에게 너무 크다. 쉬지 않는 출렁거림, 바다는 파도를 일으키곤 얼른 무너지는 것을 되풀이한다. 바다가 만들어 온 파도는 바다가 담고 있는 물방울만큼이나 셀 수 없이 많을 것이다. 사람들은 이 세상도 바다라고 했다.

"고통의 바다…"

그러나 고통의 바다에서 추구하는 사랑, 기쁨, 평화, 희망이 우리를 살게 하는 목적이다. 이 용감한 정신들은, 아침이 되면 태양과 함께 모든 사람들의 어둠을 밝혀주고 활짝 웃으며 나타난다. 저녁엔 모두 내려놓고 잠들고, 아침이면 털고 일어나야 한다.

**요한 복음서 제15장**

9   아버지께서 나를 사랑하신 것처럼 나도 너희를 사랑하였다. 너희는 내 사랑 안에 머물러라.

10   내가 내 아버지의 계명을 지켜 그분의 사랑 안에 머무르는 것처럼, 너희도 내 계명을 지키면 내 사랑 안에 머무를 것이다.

11   내가 너희에게 이 말을 한 이유는, 내 기쁨이 너희 안에 있고 또 너희 기쁨이 충만하게 하려는 것이다

# 타보르 성당

타보르 성당 유도화

하느님의 사람 모세

손바닥 선인장

타보르 성당 수도원 정원

성탄과 성체성사의 신비

불의 사람 엘리야

승리의 부활

성체성사

타보르 수도원 시계탑

하느님의 어릿광대

당신의 정원에서

# 타보르 성당 유도화

갈멜산에서
바알의 선지자들을
모두 죽인 엘리야는
반드시 죽이겠다고
아합 왕 아내 이세벨이
선포하자 도망친 엘리야가
브엘셀바 광야에서 앉아
쉬었던 나무 그늘 유도화
엘리야는 유도화 그늘에 앉아
까마귀가 날아다주는
양식으로 연명했다.
야곱이 천사와 씨름하던
얍복강 강가에도 만발하는
유도화 나뭇가지로
모세는 마라의 쓴물을 단물로
만들기도 했다는 성경 속의 꽃

한 번 꼭 키워보고 싶었던

마음속의 꽃 유도화

품고 있는 강한 독은

사람을 죽을 수도 있다.

이스라엘 광야나 척박한

땅에서도 붉은 꽃송이를

탐스럽게 피어 내는

이스라엘의 꽃

타보르 성당에 핀 고목 유도화는

예수님 흘리신 보혈을 닮았다.

갓 피어난 2월의 유도화

## 마태오 복음서 제9장

20 그때에 열두 해 동안 혈루증을 앓는 여자가 예수님 뒤로 다가가, 그분의 옷자락 술에 손을 대었다.

21 그는 속으로 '내가 저분의 옷에 손을 대기만 하여도 구원을 받겠지.' 하고 생각하였던 것이다.

22 예수님께서 돌아서시어 그 여자를 보시며 이르셨다. "딸아, 용기를 내어라. 네 믿음이 너를 구원하였다." 바로 그때에 그 부인은 구원을 받았다.

# 하느님의 사람 모세

히브리인의 사내아이를

태어나자마자 죽이라는

애굽 왕의 명령을 피해

갈대 상자에 담겨 나일강에 떠내려가다

이집트 공주의 양자가 되어

궁궐에서 자라난 모세

동족인 히브리인을 돕다가

살인을 하고 쫓기는 처지로

므리바 광야에서 보낸 40년 세월

호렙산 떨기나무가지에

활활 타는 불길로 나타나신 하느님께

맨발로 소명을 받았을 적 나이는 80세

이집트에 10가지 재앙을 내려 두려움에 떨게 하고

탈출하여 광야로 나아오니

이스라엘 백성들의

불평과 원망은 시시때때로 터졌다.

엘림의 우물을 단물로 바꾸고

모세가 기도하니

하느님께서 만나와 메추라기를 내려주시고

마싸와 므리바의 샘물이 솟구쳐도

하느님을 시험한 백성과 같이

하느님의 분노를 샀으니

가나안 땅을 쳐다보기는 해도

들어가지는 못하는 운명의 선고를 받다.

시나이 산에서 40일 기도 끝에 십계명을 받아 내려가니

이스라엘 백성들은 타락의 절정

금송아지 만들어 그 앞에서 남녀노소 춤추고

가관도 아니라 십계명 판을 내려치니

귀한 말씀을 내려친 모세의 잘못도 크다.

다시 올라가 40일 기도하고

계명을 받아 내려오니 두려움으로 백성들이

가까이 오기도 꺼렸다.

느보산 정상에서 가나안을 바라본 후

이스라엘 열두지파를 차례로 축복하고

모압땅에 장사되니 모세가 묻힌 곳을 아는

사람은 없다.

그는 예수님께서 변모하실 때

엘리야와 함께 타보르 산에 나타났다고

성령의 감동으로 쓰인 성경은 전한다.

이집트 왕궁에서 40년, 광야에서 40년

하느님의 일꾼으로 40년

수고한 열매를 거두지는 못했어도

특별히 쓰임 받은

하느님의 사람 모세였다.

타보르 성당의 모세경당 그림은, 뒤에 시나이 산이 보이고 십계명을 들고 있는 모세의 오른편엔 지팡이를 쳐서 샘물을 터지게 한 바위가, 왼편엔 불타는 떨기나무가 그려져 있다.

하느님께 소명을 받아 궂은 일 다 했지만 가나안 땅에 들어가지는 못하고, 여호수아에게 자리를 물려주고 죽은 모세이지만, 하느님을 직접 뵙고 십계명을 받아 온 모세의 임무는 우리의 삶에 매우 밀접하게 관여하시는 하느님을 깨닫게 해준다. 인간은 40일도 못 참고 하느님을 거침없이 배반하는 역사를 갖고 있다. 기다리며 삽시다.

**로마 신자들에게 보낸 서간 제15장**

4   성경에 미리 기록된 것은 우리를 가르치려고 기록된 것입니다. 그래서 우리는 성경에서 인내를 배우고 위로를 받아 희망을 간직하게 됩니다.

# 손바닥 선인장

나한테 와서 살아남아 주는
몇 가지 고마운 식물 중에 하나인
손바닥 선인장을

나는 기도하는 손이라고 부른다.
본시 야생초이지만
집안에 들어와서 화초로 살아가는
선인장 잎이 새로 생길 적마다
기도하는 손이 늘어난다고
내심 좋아하며 가시까지
어루만져 준다.
손바닥이면서 얼굴이면서
주인의 이야기를 듣는 귀로
그의 존재를 늘려가는
백년초, 손바닥 선인장
멕시코 사람들은 채소로
매일 먹는다지만
어찌 기도하는
너의 손을 자를 수 있겠나.

나에겐 얼마간의 식물 친구들이 있다. 연산홍, 제비란, 호야, 허브, 풍란, 할미꽃, 꽃석류, 동백, 아이비, 장미, 작약, 몇 가지 종류의 선인장, 관음죽… 등등

어느 것 하나 사랑스럽지 않은 것이 없지만, 손바닥 선인장도 참 좋아한다. 사막에서는 물탱크라고 부를 정도로 비가 내리면 뿌리가 비 내리는 속도로 물을 흡수한다. 손바닥을 닮은 잎사귀가 한잎 두잎 펴질 때마다 손이 많아진다. 사실 선인장의 가시는 퇴화된 잎사귀라고 하지만… 초록빛 손바닥 선인장아, 우리 기도 많이 하자.

타보르 성당의 손바닥 선인장

**로마 신자들에게 보낸 서간 제12장**

9 　사랑은 거짓이 없어야 합니다. 여러분은 악을 혐오하고 선을 꼭 붙드십시오.
10 　형제애로 서로 깊이 아끼고, 서로 존경하는 일에 먼저 나서십시오.
11 　열성이 줄지 않게 하고 마음이 성령으로 타오르게 하며 주님을 섬기십시오.
12 　희망 속에 기뻐하고 환난 중에 인내하며 기도에 전념하십시오.
13 　궁핍한 성도들과 함께 나누고 손님 접대에 힘쓰십시오.
14 　여러분을 박해하는 자들을 축복하십시오. 저주하지 말고 축복해 주십시오.
15 　기뻐하는 이들과 함께 기뻐하고 우는 이들과 함께 우십시오.

# 타보르 성당 수도원 정원

파란 하늘 조각들이
뿌려진 듯 조그만
코발트색 꽃잎들과

기도하는 손을 높여가는
손바닥 선인장들
수도원 깃발이 휘날리는
시계탑에선
옥 속에 갇혀 하느님을
찬양하던 바울과 실라처럼
두 개의 시계바늘이
걷고 있다.
베드로와 야고보와 요한 앞에서
변화하셨던 예수님 옷자락처럼
새하얀 꽃들과 어울려
미소 짓는 크고 작은 돌들
무슬렘 병사들에 의해
성전 벽에서 굴러 떨어지며
흘렸던 눈물을 잊는다.
타보르 수도원 정원엔
기쁨과 평화의 향기가
피어난다.

## 사도행전 제14장

**17** 그러면서도 좋은 일을 해 주셨으니, 당신 자신을 드러내 보이지 않으신 것은 아닙니다. 곧 하늘에서 비와 열매 맺는 절기를 내려주시고 여러분을 양식으로, 여러분의 마음을 기쁨으로 채워 주셨습니다.

# 성탄과 성체성사의 신비

천사들의 발 아래 누워 계신 사람 되신 하느님, 아기 예수 그리스도의 모습은, 성경의 말씀대로 말씀이 육신이 되어 오신 모습이다. 이스라엘 백성은 말씀을 십자가에 못 박아 버렸다. 잘 박힌 못처럼 내 영혼에 모셔 들여야 할 분을… 이제 그분의 살과 피는 빵과 포도주로 우리에게 오신다.

하늘을 보아라 하늘을

흙탕물 세상을 보면 죽는다.

삶이란 외나무다리 건너기

마음을 집중하고

하늘만 쳐다보고 곧바로 가라.


하느님은 영혼의 귓가에

세미하게 말씀하시는 분


눈 뜨고도 눈 감고도 볼 수 없지만

끝없이 우리를 부르는 소리

끌어당기는 손길


그 사랑은 너무 작아 보이지 않고

너무 커서 보이지 않는 사랑


배추벌레보다 더 어두운 고치 속에

갇혔다 풀려나야 알 수 있는 사랑

누에보다 더 많이 잠에서 깨어나야

진정 볼 수 있는 사랑


## 요한 복음서 제11장

**25** 그러자 예수님께서 그에게 이르셨다. "나는 부활이요 생명이다. 나를 믿는 사람은 죽더라도 살고,

**26** 또 살아서 나를 믿는 모든 사람은 영원히 죽지 않을 것이다. 너는 이것을 믿느냐?"

**27** 마르타가 대답하였다. "예, 주님! 저는 주님께서 이 세상에 오시기로 되어 있는 메시아시며 하느님의 아드님이심을 믿습니다."

# 불의 사람 엘리야

하느님은 한 분이시다,
하느님은 한 분이시다
엘리야가 아합 왕과
바알과 아세라 신을 섬기는
선지자 850명과
이스라엘 백성 앞에서
각 뜬 황소 한 마리와 나무와 도랑에
통 넷으로 네 번 물을 붓고
그 위에 하느님의 불을 내려
도랑물까지 핥게 하니
이스라엘 백성이 두려워 떨며
하느님께 고백한다.

엘리야는 길르앗 디셉에서 태어나
북왕국의 아합 왕의 아내 이세벨이
가져온 우상으로 이스라엘 땅을 더럽힐 때
그에게 나아가 그의 죄악을 지적하며
3년 6개월 동안 온 나라에 비가 내리지
않을 것을 경고한다.
가뭄으로 가축들이 죽고
풀조차 메마르니 사람들이

서 있을 기력조차 없을 지경에 이르러
아합 왕까지 물을 찾아나서니
왕 앞에 나아가 누가 참 신이며 하느님인지
카르멜 산에서 알아보자고 제의했다.

카르멜 산 꼭대기 맑은 하늘에서는
엘리야가 기도하자
검은 먹구름이 사방에서 몰려와
길고 긴 가뭄 끝에 하느님 능력의
단비가 쏟아져 내렸다.

자신의 선지자들이 죽을 것을 알고
반드시 죽이겠다는 왕비 이세벨을 피해
브엘셀바에서 40일의 낮 40일의 밤을 걸어
도망간 엘리야는 호렙산 동굴에 숨었다가
하느님께서 불러내심에 나아와
이스라엘을 개혁할 왕 예후에게 기름을 붓고,
이스라엘 백성의 징계도구로 사용될 하사엘에게
아람 왕이 될 것을 예언할 선지자
소와 함께 밭 갈고 있던 엘리사를
후계자로 세운 다음
요단강에서 엘리사가 보는 가운데
불말과 불수레를 타고 회오리바람에 싸여
하늘로 올라갔다.

### 야고보 서간 제5장

**17** 엘리야는 우리와 똑같은 사람이었지만, 비가 내리지 않게 해 달라고 열심히 기도하자 삼 년 육 개월 동안 땅에 비가 내리지 않았습니다.

**18** 그리고 다시 기도하자, 하늘이 비를 내리고 땅이 소출을 냈습니다.

# 승리의 부활

죄와 어둠
죽음의 권세를 발로 밟으시고
부활의 영광으로
찾아오신 예수님, 어서 오시어요.

예수 그리스도의
이름을 부르는 영혼의
어둠을 밝혀주시고
구원의 은총을 베풀어주세요.
잎사귀들이 태양을 사모함같이
살아 숨 쉬는 목숨마다
주님을 사랑하게 하시어요
우리 영혼의 안식처가 되시어
하늘나라에 있을 곳을 예비하신
부활의 예수님,
또한 지금 기쁨과 평화를 주시는
죽음에서 살아오신 주님
그 생명의 빛이
지옥 갈 영혼들을 영원한 고통에서
영생으로 건져주셨으니
나의 구세주 예수 그리스도께서는
부활의 영광으로 승리하셨습니다.

## 요한 복음서 제20장

19 그날 곧 주간 첫날 저녁이 되자, 제자들은 유대인들이 두려워 문을 모두 잠가 놓고 있었다. 그런데 예수님께서 오시어 가운데에 서시며, "평화가 너희와 함께!" 하고 그들에게 말씀하셨다.

20 이렇게 말씀하시고 나서 당신의 두 손과 옆구리를 그들에게 보여주셨다. 제자들은 주님을 뵙고 기뻐하였다.

21 예수님께서 다시 그들에게 이르셨다. "평화가 너희와 함께! 아버지께서 나를 보내신 것처럼 나도 너희를 보낸다."

22 이렇게 이르시고 나서 그들에게 숨을 불어넣으며 말씀하셨다. "성령을 받아라.

23 너희가 누구의 죄든지 용서해 주면 그가 용서를 받을 것이고, 그대로 두면 그대로 남아 있을 것이다."

# 성체성사

예수 그리스도의 몸을
내 안에 모심으로
새 사람이 되었습니다.
어머니 뱃속에 들어갔다
다시 나온 게 아니고
그리스도의 몸과 피로
죄 씻김 받고 순결한 영혼으로
변화되었습니다.
사탄은 인간의 죄 값을
돈으로 원하지 않고
생명으로 원했기에
예수님께서 친히 십자가에 달리시므로
죄 값을 치러주신 것입니다.
죄는 사탄이 우리 안으로 들어오는
문이 되고 사탄이 우리를 잡고 흔드는
손잡이가 되지만
고해성사를 드리고
성체성사를 한 사람에겐
죄가 없습니다.
타보르 산에서 변모하신
새하얀 예수님 옷자락처럼
그리스도의 몸과 피를 모심으로
깨끗하게 된 영혼은
눈부시게 순결한 하느님의 자녀로
평화와 천국을 누립니다.

## 루카 복음서 제7장

**47** 그러므로 내가 너에게 말한다. "이 여자는 그 많은 죄를 용서받았다. 그래서 큰 사랑을 드러
낸 것이다. 그러나 적게 용서받은 사람은 적게 사랑한다."

**48** 그러고 나서 예수님께서는 그 여자에게 말씀하셨다. "너는 죄를 용서받았다."

**49** 그러자 식탁에 함께 앉아 있던 이들이 속으로, '저 사람이 누구이기에 죄까지 용서해 주는
가?' 하고 말하였다.

**50** 그러나 예수님께서는 그 여자에게 이르셨다. "네 믿음이 너를 구원하였다. 평안히 가거라."

# 타보르 수도원 시계탑

그때 우리는 서울역 광장
시계탑 앞에서 만난 적이 있지.
타보르 수도원 시계탑 앞에서도


오전 10시 10분
시계는 영원을 날카로운 화살표
끝으로 가리키고 있다
늘 영원의 다른 순간을 보여주는
시계 속 화살표의 임무는
예수 그리스도께 향하게 하는 일
해바라기 노랑 꽃잎은
빛을 따라 돌아간다.
우리들의 오전 10시 10분은
두 손에 담아 얼굴을 씻어도 좋을
아직 때 묻지 않은 시간
하늘나라 시간의 호수에서
방금 흘러나온 늘 다르면서 같은
기쁨과 슬픔과 분주함과 기도로
바라보는 은총의 순간이다.

시계는 중요한 생활용품 중에 하나였다. 요즘은 휴대폰 속에 시계가 들어 있지만, 그리고 휴대폰은 누구나 소유하고 있어서 시계는 모두가 갖고 있는 셈이다. 친구들과 시외로 놀러가려면 만날 장소로 만만한 곳이 누구나 다 알고 어디서나 오기 쉬운 서울역 시계탑 앞에서였다. 별로 멋있는 시계탑을 아니었지만, 추억의 시계탑이다. 높은 곳에 시계를 달아 놓는 일에 대해 종종 생각해 보면 시간은 소중하기 때문일 것 같다. 시간은 살아 있는 동안만 누릴 수 있는 하느님의 축복이다.

**코린토 신자들에게 보낸 첫째 서간 제13장**

4  사랑은 참고 기다립니다. 사랑은 친절합니다. 사랑은 시기하지 않고 뽐내지 않으며 교만하지 않습니다.
5  사랑은 무례하지 않고 자기 이익을 추구하지 않으며 성을 내지 않고 앙심을 품지 않습니다.
6  사랑은 불의에 기뻐하지 않고 진실을 두고 함께 기뻐합니다.
7  사랑은 모든 것을 덮어주고 모든 것을 믿으며 모든 것을 바라고 모든 것을 견디어 냅니다.
8  사랑은 언제까지나 스러지지 않습니다. 예언도 없어지고 신령한 언어도 그치고 지식도 없어집니다.

# 하느님의 어릿광대

아씨시의 성 프란치스코
그를 생각하면 영혼에
맑은 샘물이 고인다.
그 시대의 젊은이들에게
가난을 자랑으로 유행시킨 수도자
하느님 사랑에 취해서 춤추며
숲속의 새들에게도
말씀을 나누어주던
도무지 그가 이 세상에서
사랑하지 않았던 것은
물질과 미워하는 마음뿐
타오르는 불길도 사랑하여
오, 불의 형제여! 불러주던
예수 그리스도의 사랑을 품었기에
성 프란치스코와 접촉되는 것은
나뭇잎도 증오도
시냇물도 거친 사람도
구르는 돌멩이까지 사랑이 되었다.

평생 멈추지 않고 울렸던

기쁨 가득 찬 사랑의 멜로디

성 프란치스코가 누렸던 권리는

청빈, 순명, 정결

그가 남기고 간

풀잎 향기같이 가벼운 명예는

예수님의 신부

지식도 첨가되지 않은 순수 영혼으로

사랑에 불타던 가난한 수도자

지상에서 천국을 살았던

아씨시의 성 프란치스코이다.

**마르코 복음서 제10장**

**21** 예수님께서는 그를 사랑스럽게 바라보시며 이르셨다. "너에게 부족한 것이 하나 있다. 가서 가진 것을 팔아 가난한 이들에게 주어라. 그러면 네가 하늘에서 보물을 차지하게 될 것이다. 그리고 와서 나를 따라라."

# 당신의 정원에서

만일 내가
당신의 정원에 핀
한 송이 꽃이라면
당신이 햇살을 받기 위해
내 앞을 지나실 때
바람에 흔들리는 척
기울어지며
나의 고운 입술로
살그머니 옷자락에
입 맞추겠어요

만일 내가
당신의 정원에 심겨진
한 그루 라일락이라면
당신이 별을 보러 나온
푸른 오월의 밤에
나의 보랏빛 심장을 깨뜨려
진동하는 향기로 당신을
감싸 안겠어요

만일 내가

당신의 정원에 놓여진

작은 나무 벤치라면

아름다운 당신이 앉아만 주신데도

차가운 밤을 지새운

얼음 같은 고독을

녹일 수 있겠어요


그러나

나는 당신의 정원에서

그 무엇이 되어 놓여 있던지

한 잎의 잡초로 숨죽이고 있다 해도

당신의 정원과 함께

영원히 당신의 것이겠지요

영원한 당신의 사랑이겠지요.


청춘과 젊음의 격렬한 날들이 가고, 질병과 죽음만이 우리 앞에 찾아와 엎드릴 때, 살아 온 날들을 후회하지 않는 사람은 드물 것이다. 좀 더 사랑할 걸, 좀 더 기쁘게 살 걸, 좀 더 열심히 살 걸, 좀 더 신실한 시간을 보낼 걸… 아무리 지나간 세월을 애통해 하여도 우리는 하느님 앞에 우리의 영혼을 내어 놓아야 한다. 이러한 날들은 오지 않을 것 같지만 반드시 온다. 오늘을 고통과 불안에 사로잡혀 그냥 그렇게 보내지 말고, 오늘에 담아 보내주신 하느님의 축복을 찾아 누리며 하느님께 감사와 영광을 돌리는 삶을 살자.

# 최후만찬의 성당

예수님 닮은 펠리칸
타오르는 불길로

# 예수님 닮은 펠리칸

비둘기같이 순결하신 성령님, 어린양 성자 예수님,

자비로우신 눈길로 하느님을 찾는 자가 있는지

땅 아래를 두루 살피고 계신 성부 하느님 계시니

살아 숨 쉬는 동안 걱정 근심 없구나.

오늘 걱정은 오늘로 족하고 내일은 아직 오지 않았네.

밤이 지나면 당연히 아침이야 밝아 오지만

내일은 예측하지 못한 놀라운 일과 기쁜 일들이 기다리네.

어쩌면 어려운 일이 일어날지도 모르지만

예수님께서 지켜 단단히 보호해 주실 것이네.

세상에서 받은 복이 없어도 예수님께서 함께 계시니 그분이 복이네.

내가 예수님을 생각하면 예수님도 나를 생각하네.

아니 예수님께서 나를 생각하셔서 내가 예수님을 알게 된 것이네.

사랑은 아무리 많이 이야기를 해도 더 이야기하고 싶은 것

보고 있어도 또 보고 싶어지는 어린아이 마음같이 사랑은

예수님 사랑은 두려움을 없애 주고 기쁨과 평안을 주네.


**로마 신자들에게 보낸 서간 제3장**

**24** 그러나 그리스도 예수님 안에서 이루어진 속량을 통하여 그분의 은총으로 거저 의롭게 됩니다.
**25** 하느님께서는 예수님을 속죄의 제물로 내세우셨습니다. 예수님의 피로 이루어진 속죄는 믿음으로 얻어집니다. 사람들이 이전에 지은 죄들을 용서하시어 당신의 의로움을 보여주시려고 그리하신 것입니다.

# 타오르는 불길로

여린 바람에도 부러져서
땅바닥 여기 저기 흩어져
지나가는 발걸음에
밟힐 때마다 신음하며 으스러지는
벌레 먹은 잎사귀 하나 매달지 못하고
작은 새 한 마리 날아와 앉지 못하는
마른 나뭇가지같이 된 사람들
티끌 같은 모기의 숨결보다
소망 없는 어두운 이들의 영혼에
모세 앞에 타오르게 하신
떨기나무의 불길을 지피시어
꺼질 줄 모르며 거침없이 타올라
한 번 붙으면 죽을 때까지
놓아주지 않는 자비하신 불길이여.
오순절 마가 다락방에
성령의 불길을 보내시어
터질 것 같은 기쁨과 용기로
땅 끝까지 달려나가
제자들로 복음을 전하게 하신
성령의 불길이시여.
지금 우리가 타오르는 불길 이게
하소서.

　아브라함이 반으로 쪼개어 늘어놓은 소와 양의 가운데를 불길로 지나
가신 하느님, 동강난 듯 애통하며 참회의 간구를 드리는 영혼마다 성령의
불길을 내려주시어, 소망과 기쁨으로 살아가며 하느님께 영광 돌리게 하여
주십시오.

**루카 복음서 제10장**

**21** 그때에 예수님께서 성령 안에서 즐거워하며 말씀하셨다. "아버지, 하늘과 땅의 주님, 지혜롭다
　　는 자들과 슬기롭다는 자들에게는 이것을 감추시고 철부지들에게는 드러내 보이시니, 아버
　　지께 감사를 드립니다. 그렇습니다, 아버지! 아버지의 선하신 뜻이 이렇게 이루어졌습니다.

# 겟세마니 동산의 예수님

소망과 부활의 빛을 기다립니다

말고의 귀를 줍는 예수님

생과 사를 가르는 입맞춤

어느 늙은 아버지의 노래

종소리

겟세마니 성당의 올리브나무

# 소망과 부활의 빛을 기다립니다

우리의 영혼을 잠식시키는

어두운 절망 위에 빛을 내려주소서.

자고 나면 오히려 더 커지는

불안 속에 살아가는 가련한 인생들

불면 날아가고 건드리면 쓰러질 것 같은

연약한 생명 위에 엄습한

성벽같이 캄캄한 절망을

부활의 소망으로 관통시킬

산소같이 세미하고

화살촉같이 날카로운

신비하신 빛

예수 그리스도의 빛을 내려주소서.

우리의 삶 속에 우뚝 서

올리브 산 감람나무와 같이

천년에 천년이라도 지탱할 수 있는

철 기둥 같은 빛으로

고난 속에 신음하는

삶의 모든 장소를 찾아주소서.

지금 우리에겐 생명의 빛

소망의 빛

부활의 빛이 무척 간절합니다.

### 로마 신자들에게 보낸 서간 제15장

4 성경에 미리 기록된 것은 우리를 가르치려고 기록된 것입니다. 그래서 우리는 성경에서 인내를 배우고 위로를 받아 희망을 간직하게 됩니다.

# 말고의 귀를 줍는 예수님

로마군사와 대제사장의 종들이 유다를 앞세우고 예수님을 잡으러 왔다. 횃불로 어둠을 밝히며 다급히 왔다. 광분한 이스라엘 백성들의 요구를 들어주기 위해서이다. 예수님은 다 알고 계신다. 이제 가시면 십자가에 못 박히는 고통을 당해야 한다는 것을…. 우리는 손가락에 가시 하나만 박혀도 괴로워하는데, 예수님은 탱자나무 가시같이 길고 날카로운 가시로 된 면류관까지 써야 하셨던 것이다. 인간은 실로 악을 행하는 데엔 일치도 잘하고 머리 씀씀이가 매우 천재적이다. 그런데 예수님을 잡으러 온 대제사장의 종 말고의 귀를 성질 급한 베드로가 칼로 베어 버렸다. 예수님은 상당히 놀라시는 표정이다. 말고는 그만 귀를 잡고 땅바닥에 주저앉는다. 예수님께서는 땅에 떨어진 말고의 귀를 주우셔서 다시 말고에게 붙여주셨다. 그리고 베드로를 나무라셨다.

"나는 지금이라도 아버지께 청하여 12명도 더 되는 천사를 부를 수 있다. 검을 쓰는 자는 검으로 망한다."

이 상황에서 가장 중대하고 심각한 사람은 예수님이시다. 그러나 예수님은 귀를 베인 말고에게 자비를 베푸신다. 베드로는 답답했고 실망 했을 것이다. 검이 아니면 무슨 방법이 있단 말인가. 이렇게 무기력하게 잡혀가시는 분이 무슨 스승이고 하느님의 아들이란 말인가. 세상의 권력 있는 자의 아들이라도 이런 일은 당하지 않을 텐데….

그러나 예수님은 가장 미련한 방법으로 가장 똑똑한 척하는 어둠의 무리들을 이기셨다. 우리더러 고난이 닥쳤을 때 혈기의 성급한 칼을 휘두르지 말라 특별히 부탁하시면서……

십자가의 도를 따라 육신의 판단을 죽이고, 십자가의 예수님을 따라 부활할 것을 믿습니다. 두 눈 뜨고 보고 있기엔 너무 부당하고 화가 치밀어 오르는 억울한 현실이라 할지라도. 예수님 가르쳐 주신 말씀대로 따르겠어요. 십자가의 길에는 이것도 포함되어 있음을 기억합니다.

**루카 복음서 제6장**

**35** 그러나 너희는 원수를 사랑하여라. 그에게 잘해 주고 아무것도 바라지 말고 꾸어 주어라. 그러면 너희가 받을 상이 클 것이다. 그리고 너희는 지극히 높으신 분의 자녀가 될 것이다. 그분께서는 은혜를 모르는 자들과 악한 자들에게도 인자하시기 때문이다.

# 생과 사를 가르는 입맞춤

어릴 때 재미나게 읽었던 동화 '백설 공주와 일곱 난쟁이'에서 맘씨 고약한 질투쟁이 마녀의 꾐에 빠져 독이 든 사과를 먹은 백설 공주는 죽게 된다. 일곱 난장이들은 백설 공주를 장사 지내기 위해 유리관에 넣어 두었다. 마침 길을 지나던 왕자님이 아름다운 백설 공주님의 모습에 반해 죽어 있는 백설 공주에게 입을 맞춘다. 그때 백설 공주가 살아나는 기적이 일어나고 백설 공주는 왕자님과 결혼하여 행복하게 산다. 생명을 살리는 사랑의 입맞춤이었다.

로마 군인들에게 예수님인 것을 알리는 표시로 유다는 예수님께 다가가 입을 맞춘다. 유다는 식탁에 함께 앉아 대접의 포도주에 빵을 적시고, 입을 맞추어 가며 예수님을 팔아넘긴다. 고난과 배반은 이렇게 달콤한 입맞춤으로 오기도 한다. 차라리 처음부터 싫다고 나쁘다고 말하며 따라다니지나 말 것이지, 안 그런 척 시침 뚝 떼고 앉아 있다가 슬그머니 나가서 딴 짓을 한다. 모르는 사람이 미워하는 것은 마음 아프지도 않다. 그런 것은 구태여 배반이라고 말하지도 않는다. 무관심이나 방관이라고 말할 뿐이다. 그러나 제자라고 돈을 관리하며 함께하던 자가 스승을 팔아버리다니…….

생활 중에서 우리는 하느님을 팔 수 있고 예수님도 팔 수 있다. 기독교인이라 하면서 예수님 말씀과 반대되는 행동을 하는 삶, 말씀과의 불일치가 그런 것이다.

범사에 감사하라. 항상 기뻐하라. 쉬지 말고 기도하라. 예수님의 도우심이 아니면 기독교인으로 살기 어렵다. 요즘 유행하는 노래 〈강남 스타일〉 말고 기독교인들은 〈예수님 스타일〉로 살 수 있기를 기도한다. 생명을 살리는 사랑의 입맞춤을 나누며……

**요한 복음서 제1장**

1   한 처음에 말씀이 있으셨다. 말씀은 하느님과 함께 계셨는데 말씀은 하느님이셨다.
2   그분께서는 한 처음에 하느님과 함께 계셨다.
3   모든 것이 그분을 통하여 생겨났고 그분 없이 생겨난 것은 하나도 없다.
4   그분 안에 생명이 있었으니 그 생명은 사람들의 빛이었다.

# 어느 늙은 아버지의 노래

아버지는 언제나 꿈만 찾아 다녔다.
그가 선택한 길은 아무도 가지 않는
낯설고 외진 길

무지개는 갈수록 빛이 바랬다.
어느덧 머리는 희끗해지고
아들은 꿈을 찾아나섰던
자신처럼 커져 버렸다.
아버지의 업적을 묻는 아들에게 보여 줄게
아무것도 없는
늙은 아버지는 투박한 손으로
오이소박이를 담가 준다.
어이없어 하는 아들 꿈은
강남스타인데
뜬구름만 쳐다보다
뭉개지고 썩어져서 텅 빈
늙은 아버지의 모습은
겟세마니 동산의 올리브 고목
젊은 날에 들었던 한 구절 기도만
살아 있는 표시로 반짝반짝 남아 있다.

십자가에 달려 돌아가시기 전날, 땀방울이 핏방울이 되도록 기도했던 예수님의 기도 소리를 기억하고 있을 올리브나무는 어느덧 세월에 패여 가슴이 텅 비어 버렸다. 그래도 살아 있다는 표시로 돋아나 반짝이는 싱그러운 잎사귀들은 맑고 어리다. 겟세마니 동산의 올리브 고목이여, 하느님의 은총으로 오래오래 사십시오.

# 종소리

옹기 굽는 골짜기 성당에서
울리던 종소리
우리는 손바닥만한 예배서를
들고 성당으로 몰려갔다.
아무것도 모르며
가슴에 십자가를 긋고
개울에 송사리 떼처럼
종소리를 따라서
즐겁게 몰려갔다 몰려왔다.
그때처럼 가볍게 성당을
다닌 적은 없었다.
고해성사도 모르면서
종소리를 따라
웃기만 하면서 다녔다.


천국은 어린아이와 같아야 들어간다고 했다.
자라갈수록 죄에 노출되고.
죄가 달라 붙어오고, 죄를 만들고, 죄를 따라다니고, 죄를 부르고······.
죄를 버리기 싫어서 고통스러워하고······. 오! 하느님.
나는 나의 모든 죄에게 종을 치며 이별을 고한다.
"땡 땡 땡 ······."

## 루카 복음서 제18장

**16** 예수님께서는 그 아이들을 가까이 불러 놓고 이르셨다. "어린이들이 나에게 오는 것을 막지 말고 그냥 놓아두어라. 사실 하느님의 나라는 이 어린이들과 같은 사람들의 것이다.

# 겟세마니 성당의 올리브나무

겟세마니 성당의 올리브나무는
종소리를 들으려 귀를 세운다.
맑은 물 속을 헤엄치는
피라미 떼처럼 종소리를 듣고
종탑 가까이 모여든다.
그리고 종소리를 닮은 열매들을
가지 가득 올망졸망 맺는다.
겟세마니 성당의 종소리는
올리브나무 영혼의 양식
나무도 떡만으로는 살 수 없다.
겟세마니 성당의 올리브나무는
종소리를 먹고 산다.

온갖 새들의 옷을 곱게 차려 입히시고, 나무마다 다른 잎사귀와 꽃과 열매를 맺게 해주시는 하느님의 은총은 만물마다 다채롭다.

세조가 탄 연(임금이 타는 가마)이 지나갈 때 가지를 높이 들었다는 소나무가 있다. 나무들은 인간사에 깊이 관여되어 있다. 예수님께서 예루살렘에 입성하실 때 호산나를 외치며 흔들었다는 나뭇가지도 그렇다. 그때에 사용되었다는 올리브 나뭇가지는 얼마나 신났을까.

## 요한 복음서 제12장

**12**  이튿날, 축제를 지내러 온 많은 군중이 예수님께서 예루살렘에 오신다는 말을 듣고서,

**13**  종려나무 가지를 들고 그분을 맞으러 나가 이렇게 외쳤다. "'호산나! 주님의 이름으로 오시는 분은 복되시어라.' 이스라엘의 임금님은 복되시어라."

**14**  예수님께서는 나귀를 보시고 그 위에 올라앉으셨다. 이는 성경에 기록된 그대로였다.

# 베드로 통곡 성당

학대받는 하느님, 밧줄에 달린 예수님
베드로 설교
하느님을 심판하는 사람들, 빌라도 법정
예루살렘의 비둘기
나를 누구라 생각하느냐, 천국열쇠
베드로처럼 울 수만 있어도
지하 감옥 속의 예수님
내가 무슨 말을 하고 있는 건가
그대여 모른다 하지 마세요
베드로의 장모

# 학대받는 하느님, 밧줄에 달린 예수님

어쩌면 저들은 하느님의
아들인 줄 알았을 거다.
바라바를 풀어주고
죄 없으신 예수님
하느님의 아들을 못 박은 건
분명 고의적 계획적 살인
그리 많은 사람들이
한꺼번에 실수하는 일은 없을 테니까
밧줄로 묶고 대롱대롱 메달아
지하 감옥으로 내리는 건
한 마리 짐승일지라도
너무 심한 학대였다.
하느님의 아들도 산짐승을
유인하는 한 점 살덩이처럼
매달 수 있는 사람들과
같이 사람이라는 건
너무 두렵다.

## 예레미야서 제29장

**16** 주님께서 다윗 왕좌에 앉아 있는 임금과 이 도성에 살고 있는 온 백성, 곧 너희와 함께 유배되지 않은 너희 형제들을 두고 이렇게 말씀하신다.

**17** 만군의 주님께서 이렇게 말씀하신다. "이제 내가 그들에게 칼과 굶주림과 흑사병을 보내고, 그들을 너무 나빠 먹을 수 없는 썩은 무화과처럼 만들겠다.

**18** 내가 칼과 굶주림과 흑사병으로 그들을 쫓아가, 그들을 세상의 모든 나라에 공포의 대상으로 만들고, 내가 그리로 몰아낸 모든 민족들 사이에서 저주와 놀람과 놀림감과 수치의 대상이 되게 하였다.

**19** 그들이 나의 말을 듣지 않았기 때문이다. 주님의 말씀이다. 나는 나의 종 예언자들을 잇달아 그들에게 보냈지만 그들은 듣지 않았다. 주님의 말씀이다.

**20** 내가 예루살렘에서 바빌론으로 쫓아 보낸 모든 유배자들아, 주님의 말씀을 들어라."

사랑이 머문 자리들

# 베드로의 설교

베드로 통곡 교회에 있는 성화 중에는 밭을 가꾸고 있는 농부에게 베드로가 설교하는 모습이라 여겨진다. 그리스도인의 삶이 열매 맺는 씨앗의 삶이 되길 바라는 것이다. 내가 죽고 예수님께서 살아나는 삶, 쉽지 않은 일이지만 그리스도인의 갈 길이다. 우리 가족은 성경에 나온 말씀을 문자 그대로 해석하여 집을 팔아 하느님께 바친 적이 있다. 주변의 모든 사람이 말렸지만 그것을 선택했다. 나는 적극 찬성하지 않았지만 말로 반대하진 않았다. 최종 결정은 내가 내려야 했지만, 매우 가슴 아프게 찬성했다. 솔직히 "흔쾌히"는 아니었다. 나는 때때로 보고 싶다. 붉은 벽돌로 새로 지어졌을 그 교회의 모습이……. 그러나 내 것이 아닌 하느님의 교회이니까 하느님의 교회로 있으면 된 것이다. 그리고 나는 지금 매우 아름다운 초당동 성당에 다니고 있다. 여기도 많은 신자들의 믿음으로 세워졌을 것이다. 마치 베드로의 통곡 교회 지붕처럼 둥글고 햇빛이 하느님의 은총처럼 창문으로 들어오는 곳, 우리 아버지와 어머니 장례미사를 치른 곳…….

어릴 적부터 정든 성당은 아니지만, 하느님 아버지의 집이 나의 집 우리의 집이다.

내 영혼에 뿌리신 말씀의 씨앗늘이

늘 푸르고 싱그럽게 살아 열매 맺기를

돌짝밭도 길가도 아닌 옥토가 되어서

찔레가 나지 않고 새가 물어가지 않아

부지런히 가꾼 착실한 농부의 밭처럼

잘 여문 곡식들이 황금 물결치는 삶

너의 영혼에선 예수님 냄새가 나

이런 말 들어 봤으면

**베드로의 첫째 서간 제1장**

23 여러분은 썩어 없어지는 씨앗이 아니라 썩어 없어지지 않는 씨앗, 곧 살아 계시며 영원히 머
물러 계시는 하느님의 말씀을 통하여 새로 태어났습니다.
24 "모든 인간은 풀과 같고 그 모든 영광은 풀꽃과 같다. 풀은 마르고 꽃은 떨어지지만
25 주님의 말씀은 영원히 머물러 계시다."

# 하느님을 심판하는 사람들, 빌라도 법정

빌라도의 법정에서 사람들은 예수님의 두 손을 밧줄로 묶어 세워 놓았다. 고개를 죽인 예수님의 어깨가 좁아 보인다. 하느님의 아들 예수님을 자신들을 핍박하는 로마법정으로 끌고 가 죽여 달라고 소리친다. 이들 이스라엘 사람들을 향하여 빌라도는 죽일 만한 죄를 찾지 못했다고 거듭 말하지만 그럴수록 더욱 광분하여 외쳐대는 유대인들…, 그들은 하느님의 아들 예수님을 죽이는 일에 자신들의 생을 걸고 후손들의 삶도 담보 잡힌다. 우리와 우리들의 후손들이 책임지겠다 말하며 태어나지 않은 후손들의 미래도 던져 버렸다.

친아버지를 죽여 달라고 법정에 끌고 가는 아들이 있다면 그 모습은 참담할 것이다. 이것은 지옥의 불행이다. 역사는 베드로가 닭이 두 번 울기 전에 세 번 예수님을 부인한 것을 감추지 않는 것과 마찬가지로, 이들의 죄를 가려주지 않는다. 두 손을 치켜들고 십자가에 못 박으라 외쳐대는 이스라엘 백성들은 자신들의 눈에 맞는 인정할 만한 하느님을 원했던 것이다. 그때에 무리들을 향해서 불덩이가 쏟아졌다면 믿었을까? 그러나 예수님은 그들의 맘에 드는 죄인의 모습 되시어 잠잠히 계신다.

지금 우리가 이러하고 저러하신 하느님을 선택하고 있다면, 이것은 결국 2000년 전 하느님을 심판하는 사람들의 모습일 것이다. 혹시 침묵하시는 하느님을 천대하여 길밖에 세워두고 있는 중은 아닌가.

저는 두 손을 기도로 묶고 애통하며 하느님의 자비하심을 기다립니다.

**마태오 복음서 20장**

**31** 군중이 그들에게 잠자코 있으라고 꾸짖었지만, 그들은 더욱 큰 소리로 "주님, 다윗의 자손이시여, 저희에게 자비를 베풀어주십시오." 하고 외쳤다.

# 예루살렘의 비둘기

예루살렘의 비둘기는
새파란 하늘에 핀
샤론의 꽃송이들
변화산상에 눈부시던
예수님 옷자락을 닮았다.
흰비둘기 회색비둘기
환호하는 군중이 손뼉을 치듯
평화의 메아리를 하늘 높이 울린다.
성령의 바람을 타고
지구에 퍼뜨릴
평화와 사랑의 씨앗을
올리브 잎사귀 대신 물고
예루살렘의 비둘기들
정결한 날갯짓하며
홀씨처럼 휘날려간다.

### 마태오 복음서

**3:16** 예수님께서는 세례를 받으시고 곧 물에서 올라오셨다. 그때 그분께 하늘이 열렸다. 그분께서는 하느님의 영이 비둘기처럼 당신 위로 내려오시는 것을 보셨다.

### 마르코 복음서

**1:10** 그리고 물에서 올라오신 예수님께서는 곧 하늘이 갈라지며 성령께서 비둘기처럼 당신께 내려오시는 것을 보셨다.

### 루카 복음서

**3:22** 성령께서 비둘기 같은 형체로 그분 위에 내리시고, 하늘에서 소리가 들려왔다. "너는 내가 사랑하는 아들, 내 마음에 드는 아들이다."

### 요한 복음서 1:32

요한은 또 증언하였다. "나는 성령께서 비둘기처럼 하늘에서 내려오시어 저분 위에 머무르시는 것을 보았다."

# 나를 누구라 생각하느냐, 천국열쇠

매우 오래전에 나온 어느 신부님 수필집 『호롱불』에서 읽은 것인데, 연세 높으신 신부님께서 영세를 주시려고 시골의 젊은 새댁에게 질문하셨다. "하느님은 어떤 분이라 생각하십니까?" 그 새댁 대답이 "우리 시아버님같이 인자하신 분일 것입니다"였다. 신부님은 "됐다. 바로 그거야" 하시고 영세를 주셨다는 내용이었다.

만약 나에게 질문을 하신다면 "우리 아버지같이 항상 제 편을 들어주시는 분이라고 생각합니다"라고 대답할 것이다. 그러나 성경에 보면, 하느님께서는 더 진하게 사랑하신다. 젖먹이는 어미가 그 자식을 잊을지라도 하느님께서는 우리를 잊지 않으신다고……

예수님께서 성령을 받으시고 유대광야에서 40일 동안 금식하시며 마귀에게 시험받고 당당히 내려오신 후 나사렛으로 가셨다. 그러나 거기서 예수님께서는 선지자는 고향에서 섬김을 받지 못한다 하시며, 엘리사시대에 과부가 많았어도 사렙다 마을의 한 과부에게 보냄을 받으셨고, 문둥병환자가 이스라엘에 많았어도 나아만 장군만이 엘리사에게 치료를 받았다고 말씀하신다. 이에 화가 난 나사렛 사람들은 예수님을 벼랑으로 데려가 떨어뜨려 죽이려고 까지 했다. 그러나 예수님께서는 그 사람들의 한가운데를 지나 갈릴리 가파르나움 마을로 가셨다. 그리고 귀신들린 사람에게서 귀신을 쫓아내고, 베드로의 장모를 고치고 밀려드는 많은 병자들을 고쳐주셨다.

이러한 예수님에 대해 사람들은 저 사람이 누구 이길래 저런 능력을 행하느냐고 수군거리기 시작한다. 그때 예수님께서는 제자들에게 사람들이 예수님을 뭐라고 하더냐 질문하신다.

　제자들은 사람들이 세례자 성 요한이라고도 하고, 엘리야라고도 하고 예레미야라고도 한다고 전했다. 그러자 예수님께서는 다시 제자들에게 물으신다.

　"너희는 나를 누구라 생각하느냐"

　시몬 베드로가 "스승님은 살아 계신 하느님의 아드님 그리스도이십니다" 하고 대답하였다.

　예수님께서는 베드로에게 이를 알게 해주신 것은 하늘에 계신 아버지라 말씀하시고, 천국열쇠는 주셨다.

　이 현장을 그린 베드로 통곡 교회 성화에는, 이 장면을 보고 의심스러운 표정으로 무슨 계략이라도 금방 꾸며낼 표정으로 수군거리는 유대 사람들의 모습이 보이고, 천국 열쇠를 쥐고 예수님 왼쪽 앞에 서 있는 베드로의 모습이 보인다. 바로 저들의 수군거림이 커져서 예수님을 십자가에 못 박으라는 무리를 이루게 되는 것이다.

　그러나 "너희는 나를 누구라 생각하느냐" 물으신 예수님께서는 죽음에서 부활하시어 하늘로 올라가셨다.

　이제 살아 있는 사람들은 "예수님은 누구이신가?"라는 질문에 답을 내려야 한다. 베드로처럼 대답하면 천국 열쇠를 받으니까, 나의 대답은 베드로와 동일하다.

**마태복음서 제16장**

17　그러자 예수님께서 그에게 이르셨다. "시몬 바르요나야, 너는 행복하다! 살과 피가 아니라 하늘에 계신 내 아버지께서 그것을 너에게 알려주셨기 때문이다.

18　나 또한 너에게 말한다. 너는 베드로이다. 내가 이 반석 위에 내 교회를 세울 터인즉, 저승의 세력도 그것을 이기지 못할 것이다.

19　또 나는 너에게 하늘나라의 열쇠를 주겠다. 그러니 네가 무엇이든지 땅에서 매면 하늘에서도 매일 것이고, 네가 무엇이든지 땅에서 풀면 하늘에서도 풀릴 것이다."

# 베드로처럼 울 수만 있어도

베드로 통곡 교회의 성화는 베드로가 예수님께서 닭이 두 번 울기 전에 예수님을 세 번 부인할 것이라 한 말씀이 생각나 통곡하는 베드로의 모습이다. 그런 일은 절대 없을 것이라, 죽기까지 함께할 것이라 말했던 베드로는 어린 소녀 여종 앞에서 철저하게 세 번을 부인하게 된다. 그 여종은 하필 왜 나타나 베드로를 시험에 빠지게 했을까. 만약 그 여종이 베드로를 아는 척 하지 않았더라면 베드로는 부인할 일도 없었을 것이고, 흠 없는 베드로로서 완벽한 수제자가 되었을까? 사랑의 맹세만 영원히 빛나면서……

어쩌면 이 치욕적인 시험 코스는 진정한 주님의 일꾼이 되기 위한, 베드로에게 알맞은 맞춤형 제자 만들기 같은 불같은 시험이었는지 모른다.

수많은 그리스도인들을 향하여, 혹시 너희들이 베드로처럼 신앙생활 하다가 예수님을 부인할 일이 있어도 실망하지 말고 회개하고 돌아오라는 신앙의 본보기를 제시해 주신 것인지도 모른다.

날마다 우리들의 일상에서 나오는 쓰레기들을 보면 참 많기도 하다. 쓰레기처럼 알게 모르게 생산되는 죄들도 날마다 많을 것이다. 평생에 지은 죄들을 무게로 달면 얼마나 될까.

종류도 여러 가지이면서 몇 트럭이 될지도 모른다. 어느 것은 가볍지만 부피가 커서 혹시 큰 산만 할지도 모른다. 죄는 예수님을 부인할 때 맺어지는 것이다.

어느 누가 여기에서 자유로울 수 있을까.

베드로가 가야바의 집에서 예수님을 세 번 부인한 것은 커다란 실수이지만, 베드로는 이 사실을 미리 알고 있던 예수님에 대해서도 소스라치게 놀랐을 것이다. 베드로는 요한과 야고보와 함께 예수님께서 눈부시게 변화되는 것도 목격한 사람이었다. 바다 위를 걷는 것도 보았다. 오병이어의 기적도 보았다. 하지만 예수님을 세 번 부인하고 닭이 두 번 울 때, 깜빡 했던 예수님 말씀이 생각난 것이다. 그래서 베드로처럼 통곡이라도 하며 회개하고 베드로 같은 제자가 되면 다행 중에 다행이다.

베드로보다 열 배 백 배 정도는 많이 부인하고 눈물 한 방울 흘리지 않고 예수님 말씀도 생각나지 않는 인생이라면? 당연히 예수님의 은총 밖의 사람이다.

울면서 다시 시작하는 사람은 적어도 베드로 같은 사람이다. 베드로는 예수님께 천국 열쇠도 받았고, 거꾸로 매달려 순교했으며 로마의 초대 교황이 된 분이시다.

**베드로의 첫째 서간 제1장**

5  여러분은 마지막 때에 나타날 준비가 되어 있는 구원을 얻도록, 여러분의 믿음을 통하여 하느님의 힘으로 보호를 받고 있습니다.

6  그러니 즐거워하십시오. 여러분이 지금 얼마 동안은 갖가지 시련을 겪으며 슬퍼하지 않을 수 없습니다.

7  그러나 그것은 불로 단련을 받고도 결국 없어지고 마는 금보다 훨씬 값진 여러분의 믿음의 순수성이 예수 그리스도께서 나타나실 때에 밝혀져, 여러분이 찬양과 영광과 영예를 얻게 하려는 것입니다.

8  여러분은 그리스도를 본 일이 없지만 그분을 사랑합니다. 여러분은 지금 그분을 보지 못하면서도 그분을 믿기에, 이루 말할 수 없는 영광스러운 기쁨 속에서 즐거워하고 있습니다.

9  여러분의 믿음의 목적인 영혼의 구원을 얻을 것이기 때문입니다.

# 지하 감옥 속의 예수님

오로지 하느님의 처분을 기다리는 시간
사람들과 분리되어 공간과 공간 사이
시간과 시간 사이에서 캄캄한 정지 상태

알몸으로 하얀 시트에 쌓여 대수술을 앞두고 있는
환자의 심정보다 더한 지하 감옥 속의 예수님
오전 3시에서 오전 6시 사이
삶과 죽음이 앞뒷면에서 얼굴 맞댄 외벽되신 예수님
숨만 할딱이는 지하 감옥에 엄습한 우주적 암흑
가나 혼인잔치에서 어머니 마리아의 청을
들어드린 일은 참 잘한 것이라고
파노라마처럼 스쳐 지나가는 얼굴들
우물가의 여인, 38년 된 병자, 소경, 중풍병자
옥합을 깨뜨려 발을 닦아주었던 여인
호산나를 부르던 이스라엘 백성들
그리고 죽이라고 외쳐대는 사람들
예수님은 이 부분에 이르러 눈을 감으셨을 것이다.
의지할 수 없는 인간, 믿을 수 없는
예측불가의 인간
아버지는 인간의 잔인함과
포학성과 거짓과 변덕스러움을

혈혈단신으로 통과해야 예수님으로 인해
인간의 죄를 사해 줄 수 있다 하셨다.
영혼과 육신이 찢긴 고통스러움에
원망과 저주와 욕설이 튀어나올 줄 알았는데
예수님은 제물대에 놓일 어린 양의 마지막 밤처럼
말없이 그들이 가하는 포악을 감당하고 계셨다.
가장 길고 외롭고 고통스러운 시간이
송구스럽고 민망스럽게 지하 감옥을
지나가고 있었을 것이다.


　로마 군인들은 예수님을 붙잡아 한나스의 집으로 갔다가, 대사제인 카야파에게 끌고 간다.

　그리고 이른 아침, 빌라도에게 가셨다가 헤로데에게 가셨다가 다시 빌라도에게 가셔서 사형선고를 받으셨다. 예수님께서 이렇게 이리저리 끌려다니시던 시간도 참담하지 않았을까?

　인간의 죄악성이다. 이런 인간들을 진노의 하느님은 씨앗 하나 남기지 않고 다 쓸어버리고 싶으셨을 것이다. 그러나 아들이 아끼는 인간이다. 나도 개를 무척 싫어하지만 아들이 아껴서 얼마간 키운 적이 있었다. 순전히 사랑하는 아들 때문이었다. 그 개의 무개념 행위는 한두 가지가 아니었음에도 불구하고……

　누가 나를 개 같다고 하면 펄쩍 뛰겠지만, 혼자 가만히 생각하면 벌레만도 못한 인간이 맞다. 그리고 나는 사랑받기 위해 태어난 사람이라는 어리둥절한 노래를 자주 듣지만, 세상에게 받는 사랑은 상처받기 쉽다. 하느님의 사랑을 받기 원합니다. 많이 아주 많이……

## 시편 88편

1 (87) [노래. 시편. 코라의 자손들. 지휘자에게. 알 마할랏 르안놋. 아스킬. 제라 사람 헤만]
2 주님, 제 구원의 하느님 낮 동안 당신께 부르짖고 밤에도 당신 앞에 서 있습니다.
3 제 기도가 당신 앞까지 이르게 하소서. 제 울부짖음에 당신의 귀를 기울이소서.
4 제 영혼은 불행으로 가득 차고 제 목숨은 저승에 다다랐습니다.
5 저는 구렁으로 내려가는 이들과 함께 헤아려지고 기운이 다한 사람처럼 되었습니다.
6 저는 죽은 이들 사이에 버려져 마치 무덤에 누워 있는 살해된 자들과 같습니다. 당신께서 더 이상 기억하지 않으시어 당신의 손길에서 떨어져 나간 저들처럼 되었습니다.
7 당신께서 저를 깊은 구렁 속에, 어둡고 깊숙한 곳에 집어넣으셨습니다.
8 당신의 분노로 저를 내리누르시고 당신의 그 모든 파도로 저를 짓누르십니다. 셀라
9 당신께서 벗들을 제게서 멀어지게 하시고 저를 그들의 혐오 거리로 만드셨으니 저는 갇힌 몸, 나갈 수도 없습니다.
10 제 눈은 고통으로 흐려졌습니다. 주님, 저는 온종일 당신을 부르며 당신께 제 두 손을 펴 듭니다.
11 죽은 이들에게 당신께서 기적을 이루시겠습니까? 그림자들이 당신을 찬송하러 일어서겠습니까? 셀라
12 무덤에서 당신의 자애가, 멸망의 나라에서 당신의 성실이 일컬어지겠습니까?
13 어둠에서 당신의 기적이, 망각의 나라에서 당신의 의로움이 알려지겠습니까?
14 그러나 주님, 저는 당신께 부르짖습니다. 아침에 저의 기도가 당신께 다다르게 하소서.
15 주님, 어찌하여 저를 버리십니까? 어찌하여 당신 얼굴을 제게서 감추십니까?
16 어려서부터 저는 가련하고 죽어 가는 몸 당신에 대한 무서움을 짊어진 채 어쩔 줄 몰라 합니다.
17 당신의 진노가 저를 휩쓸어 지나가고 당신에 대한 공포가 저를 부서뜨립니다.
18 그들이 날마다 물처럼 저를 에워싸고 저를 빙 둘러 가두었습니다.
19 당신께서 벗과 이웃을 제게서 멀어지게 하시어 어둠만이 저의 벗이 되었습니다.

# 내가 무슨 말을 하고 있는 건가

지금 내가 하고 있는 지킬 수 없는,

이 허황된 말들은 무엇인가.

늦가을 도로에 나뒹구는 낙엽처럼 이리저리 날리며 밟히는

그날의 헛된 맹세는 부끄럽게 얼굴 붉히며 퇴색되어

차가운 겨울 어느 모퉁이에서 얼어붙었지.

여인은 비단 옷에 고운 수놓듯이 말을 하고

사나이는 바위처럼 무겁게 말을 해야 한다는

우리들의 이상만은 언제나 유효했지.

우리가 원했던 것은 사랑이고 믿음이고 진리

진열대에 놓인 상품처럼 말들이 말이지요.

상대에 따라서 다르게 튀어나가는

적어도 이천 년의 역사를 가진

유구한 습성이었음을 알았다면

베드로가 부끄러운 지킬 수 없는 고백으로

배반을 자초하지 않았을 터인데, 통곡하지도

우리는 배반하고도 통곡하지 않지요, 이제

지킬 수 없는 약속들을 떠벌이고도

약속은 언제나 변경될 수 있는 것, 그렇지?

아니라고 함께 죽는 일이 있어도, 라는

이 허황된 지킬 수 없는 말들을 하고 있는

너와 나는 무엇인가, 눈물도 없이

Non novi illum.

## 마르코 복음서 14장

**30** 예수님께서 그에게 말씀하셨다. "내가 진실로 너에게 말한다. 오늘 이 밤, 닭이 두 번 울기 전에 너는 세 번이나 나를 모른다고 할 것이다."

**31** 그러자 베드로가 더욱 힘주어 장담하였다. "스승님과 함께 죽는 한이 있더라도, 저는 결코 스승님을 모른다고 하지 않겠습니다." 다른 이들도 모두 그렇게 말하였다.

# 그대여 모른다 하지 마세요

그대여 나를 모른다 하지 마세요.
내가 죄인되어 비난 받을 때
빈털터리가 되어 한 끼 밥을 구걸할 때
두 눈을 감고 고개를 돌리지 마세요.
더러운 질병이 엄습하여
침을 흘리며 추해졌을 때
나를 추스르지 못하고
그대의 손길을 애처로이 기다릴 때
버려두고 바쁘다 하지 말아주세요.
흥미 없는 지루한 말들을 너무 오래
늘어놓을 때에도
나를 안다는 것이 부끄러움이 될 때에도
부끄러움이 아니라 피해를 입는다면
그리하여 그대의 생명까지 위태하다면
아, 그때는 모른다 해도
할 수 없지요.
예수님보다 더 대접 받기를 바라진 않아요.
만약 나중에 사랑의 기억이 떠올라
가슴 아파질 때에 괜스레
베드로처럼 울 필요는 없어요.
그대의 모든 걸 이해하니까요.
그러나 내가 자랑스러운 사람이 되어서
그대가 나를 안다는 것을
세상 사람들에게 말하고 싶어
안달이나 못 견딜 때가 온다면
그리 하십시오.
나를 아주 잘 안다고
베드로처럼.

Non novi illum.
Lc 22, 57

**마태오 복음서 제5장**

46 사실 너희가 자기를 사랑하는 이들만 사랑한다면 무슨 상을 받겠느냐? 그것은 세리들도 하지 않느냐?

# 베드로의 장모

여인의 손을 잡으니 열병이 떠나가고
여인이 시중들었다.
그 여인은 베드로의 장모
사랑하는 제자의 집에 들어가니
그의 장모가 열병에 걸려
누워 있었다.
수제자의 장모를 사랑으로
고쳐 주신 예수님
베드로의 장모는 벌떡 일어나
감사의 인사를 드리고
예수님을 위해 물수건을 가져오며
음식 장만으로 분주하기 시작했다.
푹 가라앉아 있던 베드로의 집이
예수님의 방문으로
즐겁고 활기차게 돌아간다.
베드로가 사랑스러우니
베드로의 장모도 사랑스러우셨던 예수님
소경도 아니고 문둥병자도 아니었지만
베드로 장모의 손을 만져주시므로
열병은 달아나고 잔칫집으로 변했다.
베드로의 장모는 신바람이 나서
온 동네를 돌아다니며
자랑을 했다.
내 열병을 우리 사위의 선생님께서
고쳐 주셨어요.
그분은 하느님의 아들이 맞습니다.

**마태오 복음서 제8장**

14 예수님께서 베드로의 집으로 가셨을 때, 그의 장모가 열병으로 드러누워 있는 것을 보셨다.

15 예수님께서 당신 손을 그 부인의 손에 대시니 열이 가셨다. 그래서 부인은 일어나 그분의 시중을 들었다.

# 예루살렘

빛과 생명, 예루살렘 시온성
생각하는 나귀
광야, 예루살렘
유대인이 믿는 것
예수님을 태운 나귀

# 빛과 생명, 예루살렘 시온성

　겨울을 나는 동안 강의실에서 있던 석류나무에게 좀 더 많은 빛을 보게 하려고 복도에 내놓았다.

　하지만 나의 배려에도 무심하게 오히려 시들시들 해지기 시작한다. 물이 부족해서 그런가 하고 물을 듬뿍 준 뒤로 더 심하게 마르기 시작하더니 잎사귀가 말라서 떨어지기 시작한다. 나는 한숨을 쉬면서 응급조치에 들어갔다. 나뭇가지들을 잘라주고 햇살이 쏟아지는 건물 앞 화분으로 옮겨주었다. 그리고 한 장의 잎사귀도 남지 않은 나무에 열심히 아침과 저녁으로 물을 주었더니 기적적으로 반짝이는 새 잎이 몇 개 돋기 시작한다. 식물들에게 햇빛은 최고의 식량이고 보약이다. 아파트에 있는 허브는 너무 사랑하는 마음으로 방안에 두었더니 겨울 동안 노랗게 뜨기 시작해서 여름이 시작되면서 창문을 열어놓고 창틀에 걸쳐 놓았더니, 올 여름 동안 허브 분점을 세 군데나 내었다. 무성한 가지를 자르고 또 잘라서 허브 화분을 세 개나 만든 것이다.

　화분을 좋아하는 작은 오빠가 틈만 나면 창문에 화분을 걸쳐 놓는 이유를 이제야 터득하게 된 것이다.

　식물도 이러한데 동물이나 사람도 마찬가지일 것이다. 햇볕을 쬐지 않으면 우울증에 걸린다고 하니 원초적 햇빛은 사람에게도 날마다의 식량이고 보약이리라. 여성들은 얼굴에 주근깨나 기미가 생길까 봐 햇빛을 기피하게 된다. 나도 그 중의 한 사람에 속한다. 그러나 될 수 있으면 햇볕을 쬐려고 노력을 한다.

　그런데 육체뿐만 아니라 영혼에도 빛을 못 보면 죽음이다. 성경에 이르면 그 빛은 예수님이다. 빛이 세상에 왔으나 인간은 그 빛을 알아보지 못했다고 통탄한다.

이스라엘 백성들은 앞을 보지 못하는 사람들처럼 하느님의 아들인 예수님을 알아보지 못하고 십자가에 못 박았다. 그래서 차라리 소경이라면 죄가 없으려니와 앞을 본다고 하니 죄가 있다고 했다.

예수님을 믿는 이들을 극렬하게 핍박하던 사울에게 예수님은 빛으로 나타나셨다. 이 빛을 본 사울은 사흘 동안이나 앞을 보지 못했다. 그리고 위대한 바울로 거듭나 이방세계를 복음의 빛으로 인도하는 대사도 바울이 된 것이다. 빛이신 예수님, 생명의 빛을 제 영혼에 비추시어 소생케 하소서.

**사도행전 제9장**

3  사울이 길을 떠나 다마스쿠스에 가까이 이르렀을 때, 갑자기 하늘에서 빛이 번쩍이며 그의 둘레를 비추었다.

4  그는 땅에 엎어졌다. 그리고 "사울아, 사울아, 왜 나를 박해하느냐?" 하고 자기에게 말하는 소리를 들었다.

5  사울이 "주님, 주님은 누구십니까?" 하고 묻자 그분께서 대답하셨다. "나는 네가 박해하는 예수다."

# 생각하는 나귀

당신은 주인이면서도 내 마음을 모릅니다.
내가 얼마나 무거운 짐을 싫어하는지
때로는 게으르게 누워서
신선한 콩잎을 잘근잘근 씹어가며
쉬고 싶어 한다는 걸 모르는
나보다 어리석은 사람입니다.
나는 예루살렘 시가지를 내려다보면서
그 날의 영광을 생각합니다.
당신들 조상이 못 박은 하느님의 아들을
등에 모시고 예루살렘에 들어간 것은
바로 하느님의 아들을 알아본
위대한 우리 나귀라는 것을
하느님은 우리들을 짐꾼에서 해방시켜 주려고
트럭 만드는 지혜를 사람에게 주었습니다.
지금이 어느 시대인데
아직도 내 등을 쓰다듬으며
올라타려고 합니까.
내가 고개 숙이고 엉덩이를
당신 얼굴 쪽으로 내밀고 있는 의미를
진정 모르는군요.

## 민수기 제22장

발람은 아침에 일어나 나귀에 안장을 얹고, 모압의 대신들과 함께 길을 떠났다.

하느님께서는 발람이 가는 것을 보고 진노하셨다. 그래서 주님의 천사가 그를 막으려고 길에 서 있었다. 발람은 나귀를 타고 가고, 하인 둘도 그와 함께 있었다.

나귀는 주님의 천사가 칼을 빼어 손에 들고 길에 서 있는 것을 보고는, 길을 비켜나 밭으로 들어갔다. 발람은 나귀를 때려 다시 길로 들어서게 하였다.

나귀가 주님의 천사를 보고 벽으로 몸을 바싹 붙이는 바람에, 발람의 발까지 벽으로 바싹 붙게 되었다. 그러자 발람이 다시 나귀를 때렸다.

나귀는 주님의 천사를 보고 발람을 태운 채 주저앉아 버렸다. 발람은 화가 나서 지팡이로 나귀를 때렸다.

그때에 주님께서 나귀의 입을 열어주시니, 나귀가 발람에게 말하였다. "내가 당신께 어쨌기에, 나를 이렇게 세 번씩이나 때리십니까?" 발람이 나귀에게, "네가 나를 놀려 대지 않았느냐? 내 손에 칼만 있었으면, 내가 너를 당장 쳐 죽였을 것이다" 하자,

나귀가 발람에게 말하였다. "나는 이날까지 당신이 일생 동안 타고 다닌 나귀가 아닙니까? 내가 언제 당신께 이렇게 하는 버릇이라도 있었습니까?" 그가 "없었다" 하고 대답하였다.

주님의 천사가 그에게 말하였다. "너는 어찌하여 너의 나귀를 이렇게 세 번씩이나 때렸느냐? 네가 내 앞에서 나쁜 길을 걷기에, 내가 막으려고 나왔다.

나귀가 나를 보고 세 번이나 내 앞에서 비켜났으니 망정이지, 내 앞에서 비켜나지 않았더라면, 내가 나귀는 살려 주고 너는 이미 죽였을 것이다."

# 광야, 예루살렘


은혜의 단비가 내리지 않으면 한 포기의 풀도 자라기 힘든 곳

새벽이면 목마른 사슴들이 물을 찾아 헤매는 극심한 갈증의 땅

모래 바람과 강열한 태양에 맨살을 드러내고

태초에 하느님이 있으라 한 대로 엎드린 평야와 일어선 산과 골짜기

벗은 몸 그대로 드러내고 시간에서 이탈된 곳

감출 수 없는 숨길 필요도 없는 당당한 척박함

너희는 이곳에 와서 돕고 지키시는 너희 하느님을 깨달으라.

모세가 이끈 40년간의 이스라엘 백성의 광야

기도하면 메추라기가 쏟아지고 만나를 내려주신 자비의 하느님과

거슬리면 불 뱀을 보내시던 진노의 하느님이 계시는 곳

그러나 마귀가 40일 굶은 하느님의 아들을 시험하는

마귀도 쳐다보고 있는 살벌한 곳

사람은 하느님의 말씀으로 산다.

하느님을 시험하지 말라.

주 너의 하느님께 경배하고 그분만을 섬겨라.

이스라엘 백성이 40년간 헤맨 정답을 척척 제시하고

천사들의 시중을 받으며 광야에서 나오신 하느님의 아들 예수님

캄캄한 인생의 광야에서 근심 걱정으로 밤을 지새운

목마른 영혼들이 찾는 시냇물이 되셨다.

광야는 바위들이 폭격 맞은 듯 그냥 던져져 있고 자갈들과 모래와 가시 풀들이 있는 곳이다. 나무그늘이라곤 한 군데도 없다. 이런 광야를 걸어가려면 돌에 걸려 넘어지고 모래를 만나면 푹푹 빠져야 하고 마른 가시 풀을 스치게 되면 피도 흘려야 하는 곤혹스러운 곳이다.

하느님은 이 험한 광야를 만들어 놓으셨는데, 절대 행복할 수 없는 이 광야를 성경의 위대한 인물들이 한 번쯤은 거쳐가게 된다. 그들이 광야에 오게 될 때는 모두 인생 최악의 상태에서 광야에 오게 된다. 모세가 동족을 학대하는 이집트인을 때려죽이고 도망친 곳이 미디안 광야이며, 다윗이 사울에게 쫓기며 숨어든 곳이 유대 광야이다. 그러나 운명적으로 사명을 위해 광야에 선 사람은 세례자 요한이다. 그는 이곳에서 메뚜기와 석청을 먹고 홀로 지내며 크게 외쳤다. "회개하라. 천국이 가까웠다." 그리고 예수님께서 성령에 이끌리시어 이 광야에 오셔서 마귀와 대적하게 된다.

유대 광야엔 10월에서 3월까지 우기를 지나면 비가 오지 않는다. 겨우 드문드문 있는 가시 풀들이 있는데, 몇 개 십 마리씩 떼 지어 다니기도 하는 사슴들은 이 가시 풀의 새순을 먹고, 아침이면 몇 안 되는 물 있는 곳을 찾아나서야 한다. 이 사슴들이 만약 졸졸졸 노래를 부르며 흐르는 시냇물을 만나면, 얼마나 반갑고 기쁠 것인가. 금상첨화로 그 곁엔 푸른 초장도 있다. 이것이 시편 23편에 나오는 쉴 만한 물가이다. 목마름이란 없고 평화가 있는 초장엔 이리 같은 사나운 짐승으로부터 지켜 주는 목자도 있다.

우리의 목자 되시는 예수님, 이 광야 같은 세상에서 언제나 우리를 쉴 만한 물가와 푸른 초장으로 인도하여 주심을 믿고 바라며 기뻐합니다.

## 마태오 복음서 4장

1 그때에 십 일을 밤낮으로 단식하신 뒤라 시장하셨다.

3 그런데 유혹자가 그분께 다가와, "당신이 하느님의 아들이라면 이 돌들에게 빵이 되라고 해 보시오" 하고 말하였다.

4 예수님께서 대답하셨다. "성경에 기록되어 있다. '사람은 빵만으로 살지 않고 하느님의 입에서 나오는 모든 말씀으로 산다.'

5 그러자 악마는 예수님을 데리고 거룩한 도성으로 가서 성전 꼭대기에 세운 다음,

6 그분께 말하였다. "당신이 하느님의 아들이라면 밑으로 몸을 던져 보시오. 성경에 이렇게 기록되어 있지 않소? '그분께서는 너를 위해 당신 천사들에게 명령하시리라.' '행여 네 발이 돌에 차일세라 그들이 손으로 너를 받쳐 주리라.'"

7 예수님께서는 그에게 이르셨다. "성경에 이렇게도 기록되어 있다. '주 너의 하느님을 시험하지 마라.'"

8 악마는 다시 그분을 매우 높은 산으로 데리고 가서, 세상의 모든 나라와 그 영광을 보여주며,

9 "당신이 땅에 엎드려 나에게 경배하면 저 모든 것을 당신에게 주겠소" 하고 말하였다.

10 그때에 예수님께서 그에게 말씀하셨다. "사탄아, 물러가라. 성경에 기록되어 있다. '주 너의 하느님께 경배하고 그분만을 섬겨라.'"

11 그러자 악마는 그분을 떠나가고, 천사들이 다가와 그분의 시중을 들었다.

# 유대인이 믿는 것

유대인은 구세주로 성탄절에 오신 예수님을 인정하지 않고, '토라'라는 모세 오경(창세기, 출애굽기, 레위기, 민수기, 신명기)을 믿는다. 유대인은 구약의 하느님을 믿고 그들의 메시아를 아직도 기다리며 사는 사람들이다. 이천 년을 나라 없이 떠돌아다니면서도 토라와 조국의 흙이 담긴 자루와 안식일과 가정은 꼭 챙겨 들고 다녔다. 그들과 한국인과 공통점이 있는 것은 책을 읽을 때 소리 내어 읽으며 몸을 흔든다는 것이다. 우리나라도 서당에서 글을 배울 때 큰 소리로 "하늘 천 따지 검을 현 누르 황…"이란 천자문을 읽으며 일부러는 아니라도 심취하면 자연스럽게 몸을 흔들게 된다. 그리고 전해 오는 선비 마을 이야기를 들으면, '책 읽는 소리가 낭랑하게 들렸다'란 말을 종종 듣는다.

그리고 출타해서 집에 없는 사람의 밥을 식탁 위에 올려놓는 풍습이다. 요즘은 아니지만 우리 어머니 세대만 해도 식구가 어디 나가 있으면 나간 식구 몫의 밥을 구분하여 퍼 놓고는 했는데, 유대인들은 더욱 철저히 가족 중에 출타하여 집에 없는 사람이 있을 때엔 그의 식사를 식탁 위에 올려놓고 언제나 함께 있는 가족으로서의 일치를 전통으로 삼고 있다.

한 가지 또 비슷한 게 있는데, 유대인들은 귀밑머리를 자르지 않고 기르는 것이다. 마치 유교가 중시되던 조선시대에, 머리카락을 부모님께서 물려주신 소중한 몸의 일부라 하여 자르지 않은 것이나 마찬가지이다. 하지만 이 세 가지만 비슷할 뿐 유대인과 한국인이 매우 크게 다른 점은, 유대인이 배척한 예수님이 한국에서는 환영받고 계신다는 것이다.

그러나 근래 들어 한국 기독교는 영적으로 세속에 물들어 있다. 어쩌면 예수님께서 나귀를 타고 예루살렘에 입성하실 때, 호산나를 외치며 환영하는 소리를 저지하라는 사람들에게, "저들이 소리치지 않으면 돌들이 외치리라" 하신 말씀이 한국 기독교를 향해 날아들지도 모른다.

길거리에 굴러다니는 돌들로도 아브라함의 자손이 되게 하실 수 있는 하느님의 능력 앞에 아무도 자만하거나 장담할 수 있는 것은 없다. 도서관에서 열심히 책을 읽는 유대인의 모습으로는 이천 년 전 광분하여 예수님께 돌을 던지려 했던 살벌한 분위기란 찾아 볼 수 없이 이성적이고 지성적인 모습이다. 예수님의 음성이 메아리친다.

"회칠한 무덤 같은 자들아!"

**루카 복음서 23장**

14 그들에게 말하였다. "여러분은 이 사람이 백성을 선동한다고 나에게 끌고 왔는데, 보다시피
   내가 여러분 앞에서 신문해 보았지만, 이 사람에게서 여러분이 고소한 죄목을 하나도 찾지 못
   하였소.
15 헤로데가 이 사람을 우리에게 돌려보낸 것을 보면 그도 찾지 못한 것이오. 보다시피 이 사람
   은 사형을 받아 마땅한 짓을 하나도 저지르지 않았소.
16 그러니 이 사람에게 매질이나 하고 풀어주겠소."
18 그러자 그들은 일제히 소리를 질렀다. "그 자는 없애고 바라바를 풀어주시오."
19 바라바는 예루살렘에서 일어난 반란과 살인으로 감옥에 갇혀 있던 자였다.
20 빌라도는 예수님을 풀어주고 싶어서 그들에게 다시 이야기하였지만,
21 그들은 "그 자를 십자가에 못 박으시오! 십자가에 못 박으시오!" 하고 외쳤다.
22 빌라도가 세 번째로 그들에게, "도대체 이 사람이 무슨 나쁜 짓을 하였다는 말이오? 나는 이
   사람에게서 사형을 받아 마땅한 죄목을 하나도 찾지 못하였소. 그래서 이 사람에게 매질이
   나 하고 풀어주겠소" 하자,
23 그들이 큰 소리로 예수님을 십자가에 못 박으라고 다그치며 요구하는데, 그 소리가 점점 거
   세졌다.

# 예수님을 태운 나귀

나귀는 뿔이 없다.

나귀는 날카로운 이나 앙칼지게 할퀴는 발톱도 없다.

여우처럼 교활하지 못하다.

나귀는 순하고 커다란 눈망울을 끔뻑이며

노동의 대가로 콩잎을 먹는다.

크게 울부짖을 줄도 모르는 나귀는

잠자며 귀를 쫑긋 움직이기도 한다.

나귀는 짐을 싣지 않은 자유의 몸으로

풀밭을 훨훨 뛰어다니는 것이 꿈일지도 모른다.

그러나 힘센 나귀는 힘 때문에

언제나 주인이 시키는 대로

일해야 하는 가여운 짐승이다.

예수님께서는 어린 나귀를 타기 원하셨다.

나귀는 평화의 상징

예수님은 평강의 왕

나귀는 짐승 중에 가장 복된 짐승이 되었다.

예수님을 태운 어린 나귀는 천국 풀밭에서

즐겁게 뛰어놀고 있을 것이다.

그때나 지금이나 항상 우리에게 오시는

하느님의 아들 예수님

죄악의 예루살렘에 오신 평강의 왕

복 되신 예수님 어서 오시옵소서.

대한민국과 세계의 각 교회와 가정과

예수님을 하느님의 아들이라 부르는 영혼들에게 오시어

우리를 죄와 고통에서 해방시켜 주시고

살아 있는 동안

하느님과 그 아들 예수님께

영광 돌리며

환희에 눈부신 생을 이웃과 나누며

살아가는 복을 내리어 주시옵소서.

### 마태오 복음서 21장

1 그들이 예루살렘에 가까이 이르러 올리브 산 벳파게에 다다랐을 때, 예수님께서 제자 둘을 보내며

2 말씀하셨다. "너희 맞은쪽 동네로 가거라. 매여 있는 암나귀와 그 곁의 어린 나귀를 곧바로 보게 될 것이다. 그것들을 풀어 나에게 끌고 오너라.

3 누가 너희에게 무어라고 하거든, '주님께서 필요하시답니다.' 하고 대답하여라. 그러면 그것들을 곧 보내줄 것이다."

4 예언자를 통하여 하신 말씀이 이루어지려고 이 일이 일어난 것이다.

5 "딸 시온에게 말하여라. 보라, 너의 임금님이 너에게 오신다. 그분은 겸손하시어 암나귀를, 짐바리 짐승의 새끼, 어린 나귀를 타고 오신다."

6 제자들은 가서 예수님께서 지시하신 대로 하였다.

7 그들은 그렇게 암나귀와 어린 나귀를 끌고 와서 그 위에 겉옷을 펴 놓았다. 예수님께서 그 위에 앉으시자,

8 수많은 군중이 자기들의 겉옷을 길에 깔았다. 또 어떤 이들은 나뭇가지를 꺾어다가 길에 깔았다.

9 그리고 앞서 가는 군중과 뒤따라가는 군중이 외쳤다. "다윗의 자손께 호산나! 주님의 이름으로 오시는 분은 복되시어라. 지극히 높은 곳에 호산나!"

10 이렇게 하여 예수님께서 예루살렘에 들어가시니 온 도성이 술렁거리며, "저분이 누구냐?" 하고 물었다.

11 그러자 군중이 "저분은 갈릴리 나사렛 출신 예언자 예수님이시오" 하고 대답하였다.

# 십자가의 길

이스라엘 백성의 선택, 빌라도 법정

때리는 사람들

첫 번째 쓰러지심

십자가의 길

복 있는 시몬

베로니카의 수건

무거운 십자가

여인들을 위로하심

세 번째 넘어지심

십자가 나무에서

오래된 창

지금 우리가 걷는 길

발자국 소리

조각난 하늘

갈보리 가는 길

# 이스라엘 백성의 선택, 빌라도 법정
## 십자가의 길 제1처

예수님의 죄를 찾지 못한 빌라도는, 예수님을 때려서 그냥 놓아주기를 원했다. 그러나 이스라엘 백성과 대제사장 가야바는 예수님을 죽이기 원했다. 그들은 하느님의 아들인 예수님보다 민란과 살인죄로 잡혀 있는 바야바를 자기들에게 돌려 달라고 외쳤다. 대제사장들이 신성 모독죄로 신의 아들을 죽일 만큼 신을 사랑했을까 의문이다. 그들이 하느님이라고 생각하는 하느님은 어떤 하느님이었을까. 언제나 기적을 행하시는 하느님, 기적 아닌 것은 한 가지도 없는 이벤트적인 하느님……. 홍해를 가르고 이집트에 재앙을 내리고 하늘에서 불을 쏟아 붓고 땅을 뒤흔드는 무시무시하고 놀라운 하느님이거나 그들이 믿는 율법 속의 한 치의 오차도 없이 규칙을 벗어나는 일이란 없는 하느님일지도 모른다.

성육신하신 하느님은 그들의 기대를 역공하신 하느님이시다. 감히 그들이 상상치도 못할 마른 갈대처럼 연약하신 모습으로 천연덕스럽게 오신 하느님의 아들 예수 그리스도를 알아보지 못하는, 어리석음과 죄악으로 어두워진 판단력을 제어할 브레이크가 없었다.

그들은 어린양 예수 그리스도보다는 그들과 더 잘 어울리는 바라바를 선택했다. 세상은 예수님을 미워했다. 그러므로 예수님을 따르는 이들도 미워할 것이라 했다. 그러니까 선을 행하다가 실망하거나 낙심할 필요가 없다. 세상에서 버림받았다고 자책할 필요로 없다. 우리가 하느님의 아들 예수님보다 더 대접받기를 원하겠는가.

그때나 지금이나 앞으로도 세상은 그들과 닮은꼴을 더 사랑하게 되어 있다. 물질적인 것과 허영심과 대중적인 광란……. 세상은 진리가 눈앞에 있어도 진리를 볼 능력이 애초부터 없는 속성을 가졌다.

빌라도의 법정에서 빌라도에게 판결 받은 것은 예수님이었지만, 그들 스스로 그들의 죄를 철저하게 유죄 판결한 것이나 마찬가지이다. 예수님은 성육신하신 하느님의 아들이셨으니까.

**요한 복음서 제18장**

35 "나야 유대인이 아니잖소? 당신의 동족과 수석 사제들이 당신을 나에게 넘긴 것이오. 당신은 무슨 일을 저질렀소?" 하고 빌라도가 다시 물었다.

36 예수님께서 대답하셨다. "내 나라는 이 세상에 속하지 않는다. 내 나라가 이 세상에 속한다면, 내 신하들이 싸워 내가 유다인들에게 넘어가지 않게 하였을 것이다. 그러나 내 나라는 여기에 속하지 않는다."

37 빌라도가 "아무튼 당신이 임금이라는 말 아니오?" 하고 묻자, 예수님께서 그에게 대답하셨다. "내가 임금이라고 네가 말하고 있다. 나는 진리를 증언하려고 태어났으며, 진리를 증언하려고 세상에 왔다. 진리에 속한 사람은 누구나 내 목소리를 듣는다."

38 빌라도가 예수님께 말하였다. "진리가 무엇이오?"

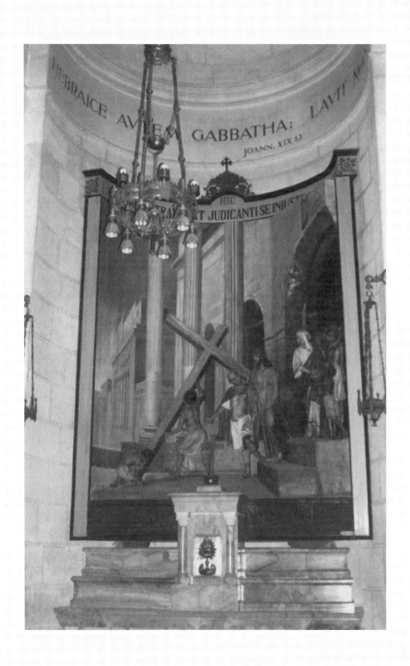

# 때리는 사람들
## 십자가의 길 제2처

탤런트 김혜자 씨가 "꽃으로도 때리지 말라"라는 책을 써서 크게 호응 받은 적이 있다.

폭력을 휘두르는 사람들은 자신을 정당화할 때 꼭 "맞을 만한 짓을 해서…"라고 변명한다.

맞는 사람들의 공통점은 늘 때리는 사람보다 힘이 없고 대항할 능력이 없으며 혼자라는 것이다. 그러기에 폭력은 비겁하고 당당하지 못하고 정당화될 수 없다. 이스라엘 사람들은 왜 예수님을 갈고리가 달린 채찍으로 때렸을까. 예수님은 이미 고립되어 혼자였고 묶여 있어서 대항할 아무 여지가 없었음에도 불구하고……. 그때 이스라엘 군중들은 타고난 인간의 원초적 폭력성으로 집단 광란을 일으킨 것인가?

예수님은 사형 선고를 받은 상태라서 이제 죽일 때까진 죽이는 것 이하의 어느 폭력도 가능해진 상황이다. 머리에 가시관을 씌우고 손에 쥐어 주었던 갈대로 머리를 때렸다고 했다.

어른이 어린아이의 머리를 툭툭 치는 것도 상당히 아이의 인격을 무시하는 처사이다. 머리를 치는 것은 매우 하찮게 여길 때나 하는 행동이고 이런 일은 정상적인 일상에선 일어나지 않는 행위이다. 그들의 폭력성엔 유치함도 곁들여져 있다. 그들은 예수님에게 침도 뱉었다. 침을 뱉는 일은 최악의 모욕 행위이다. 우리가 침을 뱉을 수 있는 곳은 아무 곳도 없다. 그들의 폭력성엔 이렇듯 야비함도 곁들여져 있었다.

그날 이스라엘 백성은 자신들의 모든 악을 총동원해서 예수님에게 고통을 가했다. 예수님은 침묵했다. 그들이 어느 짓을 하던 그들에게 대항하지 않았다. 하느님도 아들이 수난 당하는 모습을 그냥 지켜보고만 계셨다. 예수님은 저들이 자기가 하는 짓을 모르고 하는 것이니 용서해 달라고 기도하셨지만, 그 이후 유대인들이 전 세계적으로 유례없이 통곡의 벽에 머리를 박고 오늘날도 울고 있는 이유는 무엇일까?

**마르코 복음서 제15장**

15 그리하여 빌라도는 군중을 만족시키려고, 바라바를 풀어주고 예수님을 채찍질하게 한 다음 십자가에 못 박으라고 넘겨주었다.
   군사들이 예수님을 조롱하다 (마태 27, 27-31; 요한 19, 2-3)

16 군사들은 예수님을 뜰 안으로 끌고 갔다. 그곳은 총독 관저였다. 그들은 온 부대를 집합시킨 다음,

17 그분께 자주색 옷을 입히고 가시관을 엮어 머리에 씌우고서는,

18 "유대인들의 임금님, 만세!" 하며 인사하기 시작하였다.

19 또 갈대로 그분의 머리를 때리고 침을 뱉고서는, 무릎을 꿇고 엎드려 예수님께 절하였다.

20 그렇게 예수님을 조롱하고 나서 자주색 옷을 벗기고 그분의 겉옷을 입혔다. 그리고 예수님을 십자가에 못 박으러 끌고 나갔다.

# 첫 번째 쓰러지심
## 십자가의 길 제3처

연약한 우리가 세상에서 쓰러질 때 일으켜 줘야 했기에 예수님은 넘어지셔야 했다. 지난밤의 채찍질은 육신을 입은 하느님의 아들로는 감당할 수 없었다. 예수님은 하느님의 아들로서의 권위를 아무 것도 발휘하지 않고 있다. 그들이 저지르고 싶은 대로 완벽하게 내어 맡긴 상태이다. 이스라엘 백성과 로마 군인, 그리고 지도자급인 대사제들은 일치하는 악행으로 하느님의 어린양에게 십자가를 지우고 조롱하며 골고다로 끌고 간다. 인간이 모이면 한마음으로 일치하기가 참으로 어려우나, 악을 행할 때는 마음이 쉽게 잘 맞아 떨어진다. 나쁜 마음처럼 잘 통하는 것이 없다. 그래서 나쁜 물이 들었다는 말을 쓴다. 더러운 것은 더러운 것을 더럽게 하는 게 아니고, 언제나 깨끗한 것을 더럽게 한다. 악처럼 파급력이 빠르고, 인간을 단결시키는 힘이 강한 것은 없다.

그리스도인은 악으로 일어나는 사람이 아니라 차라리 착한 마음을 간직하며 쓰러져야 한다. 죄악으로 일치하면 그리스도인이 아니다. 나의 실수로 혹은 타인의 잘못으로, 사회적인 구조로, 낙망하고 넘어진 사람은 지금이 첫 번째로 일어설 기회의 시간이다. 예수님께서는 처절하게 쓰러지는 자의 슬픔과 좌절과 낙망의 마음을 잘 알고 계신다. 그가 쓰러짐은 우리를 손잡아 일으켜 세우려 함이다. 우리 인생길도 예수님이 십자가 지고 가신 길이라 생각하면, 어느 역경에서라도 위로와 용기로 살아갈 수 있을 것이다.

**코린토 신자들에게 보낸 둘째 서간 제12장**

**10** 나는 그리스도를 위해서라면 약함도 모욕도 재난도 박해도 역경도 달갑게 여깁니다. 내가
약할 때에 오히려 강하기 때문입니다.

# 십자가의 길
## 십자가의 길 제4처

　사랑하는 아들이 사형선고를 받고 십자가를 지고 갑니다. 아들이 고통받는 것을 보는 것은 어머니가 받는 지상 최고의 아픔입니다. '차라리 내가 아픈 게 낫지.' 하는 게 모든 어머니의 마음입니다. 아들은 어머니에게 씩씩하고 자랑스러운 모습을 보이고 싶어 하는 것이 모든 아들의 마음일 것입니다. 제4처에서 십자가를 지고 가는 예수님과 어머니 마리아가 만나는 것은 어머니와 아들의 마음을 철저하게 무너뜨리는 만남입니다. 마리아는 생가슴을 치며 '차라리 내가 세상에 태어나지 않았으면 좋았을 것을'하며 죽은 사람을 부러워하는 심정이었을 것입니다. 그러나 어머니이니까 십자가에 달려 돌아가실 때까지 따라갑니다. 많은 구경꾼 틈에 끼어서 피눈물을 흘리며 어쩌면 제자 요한의 부축을 받으며 겨우겨우 쓰러질 듯 쓰러질 듯 따라갔을 것입니다. 좀 더 아들의 오래 모습을 보고 싶어서, 아무리 참담한 상황의 아들이라도 끝까지 함께해야 하는 게 어머니의 마음입니다. 예수님이 십자가에 못 박힐 때 예수님보다 더 아팠던 사람은 어머니 마리아였을 것입니다. 사람들은 두 모자를 쳐다보며 수군거리기도 했을 것입니다.

　"저기 울면서 앞에 있는 여자가 예수 엄마래."

　"둘이 마주쳤네?"

　"참 안됐다. 둘이 뭐라고 얘기하는 것 같은데?"

　그러나 로마 군인들은 이 만남조차 오래 허용하지 않았다.

　"아아, 그만하고 빨리 가라고!"

　두 모자를 떼어 놓으며 마리아는 함부로 밀쳐내고, 예수님을 채찍으로 몇 번 더 내려쳤을 것입니다.

## 로마 신자들에게 보낸 서간 제5장

3　그뿐만 아니라 우리는 환난도 자랑으로 여깁니다. 우리가 알고 있듯이, 환난은 인내를 자아내고

4　인내는 수양을, 수양은 희망을 자아냅니다.

5　그리고 희망은 우리를 부끄럽게 하지 않습니다. 우리가 받은 성령을 통하여 하느님의 사랑이 우리 마음에 부어졌기 때문입니다.

# 복 있는 시몬
## 십자가의 길 제5처

예수님께서 십자가 지고 가신 길은 참담하고 죄송스럽고 민망스럽기 그지없는 길이었지만, 이 길에서 복된 일을 감당하는 사람들이 있어서 어둠을 밝히는 한 가닥 빛으로 슬픔에 빠진 우리의 마음에 소망의 빛을 밝혀준다. 구레네 사람 시몬은 얼떨결에 지쳐 쓰러지신 예수님의 십자가를 대신 지게 되는 큰 선을 행하게 된다. 본인의 의지가 있었던 것도 아니었으나 시몬은 큰 복을 얻게 된 것이다. 어쩔 수 없이 지게 된 십자가가 하느님의 아들을 돕는 십자가였을 줄은 꿈에도 몰랐으리라.

이런 일은 이천 년 전의 시몬만 만나게 되는 것일까. 우리도 일상에서 당하게 되는 일이다. 지나가다가 상관하고 싶지 않은 성가신 일에 끼어들게 되는 일이다.

몇 해 전 창밖을 내다보다 목격한 일이다. 어린 아이들이 심하게 치고받으며 싸운다. 얼마나 격렬한지 한 아이가 코피까지 터져 도로와 얼굴에 피범벅이다. 사람들은 모른 척 지나가고 있었다.

그런데 한 청년이 발길을 멈추더니 적극 개입하여 말린다. 슈퍼에서 휴지를 구해 와 얼굴과 인도에 흘린 피까지 싹싹 닦는다. 거기서 끝이 아니다. 아이들의 말을 듣고 화해까지 시킨다. 여기서 끝도 아니다. 크게 울면서 억울하다고 항변하는 아이의 집으로 연락해서 아이의 형이 직접 데리러 오게까지 한다. 아이의 형이 우는 동생의 어깨를 감싸 안고 청년에게 인사를 하며 돌아가는 것으로 길거리의 혈투는 막을 내렸다. 그들이 지나간 거리는 그 어느 때보다도 생기가 돌고 밝아졌다. 참으로 믿음직스럽고 자랑스러운 우리의 청년이 아닌가. 구경꾼들의 안심은 아이들이 싸움을 멈추게 된 것은 물론이거니와 우리 주변에 그러한 청년이 있다는 안도감도 곁들여진 것이다.

더러운 거지를 접대하다가 천사를 영접하는 경우는 이야기에서 종종 읽게 된다. 우리가 개입하기 난감한 일, 지나쳐 버리고 싶은 일, 내가 아니라도 이번에만 눈 질끈 감고 모른 척 넘어가고 싶은 형제나 이웃을 돕는 일, 그러나 순간의 기회는 언제나 있는 것도 아니고 기다려주는 것도 아니다. 우리가 함께 져야 할 십자가가 있을 때 피하지 않으면 복이다. 예수님의 십자가를 지었던 시몬처럼.

**히브리인들에게 보낸 서간 제13장**

1   형제애를 계속 실천하십시오.
2   손님 접대를 소홀히 하지 마십시오. 손님 접대를 하다가 어떤 이들은 모르는 사이에 천사들을 접대하기도 하였습니다.
3   감옥에 갇힌 이들을 여러분도 함께 갇힌 것처럼 기억해 주고, 학대받는 이들을 여러분 자신이 몸으로 겪는 것처럼 기억해 주십시오.

# 베로니카의 수건
## 십자가의 길 제6처

베로니카는 참 용감한 여성이다. 로마 군인들과 구경꾼들이 보고 있는데, 지금 가장 천대받고 있는 예수님께 당당히 나아갔다. 그리고 수건으로 예수님의 얼굴에 묻은 피와 땀을 닦아주었다. 마음속으로만 '어쩌지? 어떡하지?' 안타깝게 여기지 않고 용감하게 측은한 마음이 드는 것을 즉시 실행했다. 혼자 사는 여인이었을까? 남편이 있다면 나중에 소문을 듣고 다그쳤을 수도 있을 텐데……. "왜 남들이 안 하는 짓을 하고 다녀? 모두들 수군거리잖아. 그 자가 당신하고 무슨 상관이길래?" 아니면 그 남편은 인자한 사람이라 나중에 무슨 말이 일파만파 나돌아도 다 이해하고 잘했다 칭찬해 줄 인품이었을까?

베로니카는 분명 강직하고 소신 있는 여인이었음에 틀림없다.

난 우리 엄마가 돌아가시기 며칠 전 방긋 피는 꽃송이처럼 상큼 미소를 짓는 순간을 보았다. 전혀 몸을 뒤척이지도 못하는 처지여서, 여자인 내가 엄마 몸을 들어 바로 눕히지 못하고 힘들어하는데, 옆 침대에 문병 왔던 젊은이가 번쩍 들어서 바로 눕혀주었다. 오랜 병상에서 좀처럼 짓기 어려운 상큼미소였다. 의식도 오락가락하는 상황이었음에도 그 친절을 느끼고 있으셨던 것이다. 예기치 않은 순간의 친절, 선행, 도움의 손길은 메마른 우리 사회를 얼마나 빛나게 하는가.

예수님의 얼굴을 닦았던 베로니카의 비단 수건에는 신기하게도 예수님의 얼굴이 새겨져 있었다고 한다. 가장 비참한 상태에 있을 때, 아무도 돌보지 않을 때, 가장 버림 받았을 때, 모두에게 비난 받고 있을 때가 사실 가장 누군가가 필요할 때이다. 이런 사람에게 용감하게 다가서는 사람을 우리는 존경한다. 희생 없는 십자가는 없다. 희생할 줄 모르는 예수님의 제자는 부끄럽다. 우리에게 베로니카의 수건만한 능력만 있어도 나와 상관없는 이웃의 얼굴에 묻은 슬픔과 가난을 닦아 줄 수 있지 않을까? 작은 수건 한 조각만큼이라도……

**마태오 복음서 제25장**

**35** 너희는 내가 굶주렸을 때에 먹을 것을 주었고, 내가 목말랐을 때에 마실 것을 주었으며, 내가 나그네였을 때에 따뜻이 맞아들였다.

**36** 또 내가 헐벗었을 때에 입을 것을 주었고, 내가 병들었을 때에 돌보아주었으며, 내가 감옥에 있을 때에 찾아주었다.'

**37** 그러면 그 의인들이 이렇게 말할 것이다. '주님, 저희가 언제 주님께서 굶주리신 것을 보고 먹을 것을 드렸고, 목마르신 것을 보고 마실 것을 드렸습니까?

**38** 언제 주님께서 나그네 되신 것을 보고 따뜻이 맞아들였고, 헐벗으신 것을 보고 입을 것을 드렸습니까?

**39** 언제 주님께서 병드시거나 감옥에 계신 것을 보고 찾아가 뵈었습니까?'

**40** 그러면 임금이 대답할 것이다. '내가 진실로 너희에게 말한다. 너희가 내 형제들인 이 가장 작은이들 가운데 한 사람에게 해 준 것이 바로 나에게 해 준 것이다.'

# 무거운 십자가
## 십자가의 길 제7처

예수님께서 지고 가신 십자가는 세상에서 제일 무거운 십자가였다. 그 십자가엔 온 인류의 죄가 모두 실려 있었기 때문이다. 지금 살아 있는 내가 지은 죄도 무게를 보태어 드렸을 것이다. 예수님은 두 번째 넘어지셨다. 군인들은 채찍으로 때리고 찬물을 부어 가며 다시 일어나 걷게 하려 했을 것이다. 예수님은 가여운 인생들의 죄를 구하기 위해 남아 있는 기력을 뼛속과 실핏줄 하나하나에서까지 끌어내어 일어서느냐 핏물에 섞인 땀이 줄줄 흘러내렸을 것이다. 하느님께서는 이런 상황에서도 전혀 힘을 쓰지시 않고 침묵하고 계신다. 침묵은 무서운 것이다.

오늘날 이스라엘 백성이 못 박은 예수님은 한국에서 열렬히 환영받는다.

우주 어디에나 계신 하느님이시지만 우리나라에 오신 예수님을 잘 섬겨야 한다. 그분을 섬긴다 하면서 이웃과 불화하고 서로의 고통에 대해서 무관심하다면 예수님께 다시 십자가를 지우고 넘어지게 하는 행위이다. 초대 교회 시절에 사도들의 선교여행은 우리나라 사람들이 하는 이스라엘 성지순례 차원하고는 완전히 다른 극과 극이다. 사도 바울이 코린토 신자들에게 보낸 편지에 의하면 쓰레기처럼 살고 찌꺼기처럼 살면서 떠돌아다닌다고 했다. 그 앞의 내용에선 "여러분은 벌써 배가 불렀습니다. 벌써 부자가 되었습니다"라고 적혀 있다.

내가 살면서 실패하고 넘어지는 것은 어리석고 미련하여 지혜 없는 제 탓입니다. 제 탓입니다. 제 탓입니다. 불쌍한 인생을 다시 일어서게 하려고 두 번째 넘어지신 예수님…….

## 코린토 신자들에게 보낸 첫째 서간 제4장

11  지금 이 시간까지도, 우리는 주리고 목마르고 헐벗고 매맞고 집 없이 떠돌아다니고
12  우리 손으로 애써 일합니다. 사람들이 욕을 하면 축복해 주고 박해를 하면 견디어 내고
13  중상을 하면 좋은 말로 응답합니다. 우리는 세상의 쓰레기처럼, 만민의 찌꺼기처럼 되었습니다. 지금도 그렇습니다.

# 여인들을 위로하심
## 십자가의 길 제8처

십자가를 지고 넘어지며 가시는 하느님의 아들, 참 놀라운 일이다. 하느님은 구약 창세기에서 노아의 홍수로 지구를 깨끗이 정리하셨다. 그리고 다시 수많은 세월이 흘러, 하느님의 아들이 직접 내려 오셨는데, 최고의 죄인으로 대접받고 있는 것이다. 이 엄청난 죄악의 현장에서도 울면서 예수님을 따라가는 복 있는 여인들이 있었으니, 하느님께서 불벼락을 내려 싹 쓸어버리지 않고 인내하신 것이 아닐까 한다. 이 여인들의 눈물은 가장 값진 액체로 기록되어야 한다. 예수님은 우는 여인들을 오히려 위로하신다. "너희와 너희 자녀를 위해 울라." 그 수난의 와중에서도 예수님께서 오신 이유를 잊지 않고 말씀하여 주신다.

예수님은 그런 강퍅한 백성들이 사는 환경에서 양육될 그녀의 자녀들이 걱정되어서였으며 그녀들의 인생이 불쌍해서가 아니었나 생각된다. 당시의 이스라엘엔 예수님 제자들과 아리 마데 사람 요셉 등 몇몇을 빼곤 예수님을 십자가에 못 박으라 외치는 미친 군중 속의 남자들이 전부였던 것 같다. 그러나 예수님 제자들도 베드로가 세 번 예수님을 부인했고, 유다는 예수님을 팔았으니 괜찮은 남자가 희귀했던 것 같다. 이러한 가운데서 예수님을 따라가면서 눈물 흘리는 여인들은 삶이 행복한 여인들이었다고는 할 순 없을 것이다. 그녀들은 몰래 숨어서 가만가만 숨죽여 예수님을 믿고 있다가, 사형선고를 받고 골고다 언덕으로 끌려가고 있다는 소식에 깜짝 놀라서 달려 나왔는지도 모른다. 여인들은 소망이며 위로였던 예수님께서 그들의 행복에 도움 되지 않던 군중 속의 사나이들에 의해 죽임 당하게 되는 것이 너무나 가슴 아팠던 것 같다. 그것은 예수님도 마찬가

지 였다. 자식을 사랑하는 부모처럼 "나는 괜찮다. 너희나 행복하도록 기도해라. 사악한 세상에서 난 너희가 더 걱정이로구나" 하는 마음의 자상하신 예수님이셨다.

### 갈라티아 신자들에게 보낸 서간 제6장

2 서로 남의 짐을 져 주십시오. 그러면 그리스도의 율법을 완수하게 될 것입니다.

3 사실 누가 아무것도 아니면서 무엇이나 되는 듯이 생각한다면, 그는 자신을 속이는 것입니다.

4 저마다 자기 행동을 살펴보십시오. 그러면 자기 자신에게는 자랑거리라 하여도 남에게는 자랑거리가 못 될 것입니다.

5 누구나 저마다 자기 짐을 져야 할 것입니다.

6 말씀을 배우는 사람은 그것을 가르치는 사람과 좋은 것을 모두 함께 나누어야 합니다.

7 착각하지 마십시오. 하느님은 우롱 당하실 분이 아니십니다. 사람은 자기가 뿌린 것을 거두는 법입니다.

8 자기의 육에 뿌리는 사람은 육에서 멸망을 거두고, 성령에게 뿌리는 사람은 성령에게서 영원한 생명을 거둘 것입니다.

9 낙심하지 말고 계속 좋은 일을 합시다. 포기하지 않으면 제때에 수확하게 될 것입니다.

# 세 번째 넘어지심
### 십자가의 길 제9처

예수님은 세 번이나 넘어지셨다. 우리는 인생길을 가며 몇 번이나 넘어질까. 어릴 땐 자갈밭을 뛰어 다니다 넘어져서 무릎에 상처 아물 날이 없었다. 혹시 지금도 이 세상을 그리 다니다가 보이지 않는 마음의 상처가 아물 날 없는 것은 아닌지. 자주 가는 바닷가에 산책 갔다가 파도가 부서지는 바닷가 바로 앞에 있는 조그만 교회를 들어가 보았다. 오래 전부터 보아 왔던 교회였다. 그러나 직접 들어가 본 것은 처음이었는데, 예배시간이었음에도 신자가 한 명도 없었다. 바로 앞에는 많은 피서객들이 다니고 있으며 차가 다니는 길가였음에도……. 마치 갈릴리 호숫가의 베드로 수

위권 교회 위치와 닮는 모습이었는데, 수십 년 된 교회가 신자가 한 명도 없다는 것에 좀 놀랐다. 그럼에도 예배가 진행되고 있는 것은 더 신기했다.

우리의 모습에는 흠이 많고 이러저러한 문제도 많다. 이제 더 그런 일은 없을 것 같은데 유감스럽게도 반복되어 일어나는 인생의 사건들……. 파도는 밀려왔다 밀려가는 것을 반복하는 것이 일이지만, 사람이 죄와 하느님 사이를 왕복하며 살 순 없다.

예수님은 십자가를 지고 가시며 세 번이나 넘어지신다. 인간을 그냥 내버려두면, 반복되는 죄 때문에 침몰하여 어둠 속에 깊숙이 파묻혀 버릴 것이기 때문이다. 아니, 영원히 꺼지지 않는 지옥 불에 던져진다고 성경은 말하고 있다. 그러나 예수님께서 그래도 넘어지지 말고 일어서라고, 다시 일어나 기쁜 소망으로 걸어가라고 대신 넘어져 주셨다. 예수님께서 십자가 지고 가시다가 넘어지고 또 넘어지심이 나 때문이라고 가슴 치며 애통하는 사람은 복이 있다.

**코린토 신자들에게 보낸 둘째 서간 제1장**

4  하느님께서는 우리가 환난을 겪을 때마다 위로해 주시어, 우리도 그분에게서 받은 위로로, 온갖 환난을 겪는 사람들을 위로할 수 있게 하십니다.

5  그리하여 그리스도의 고난이 우리에게 넘치듯이, 그리스도를 통하여 내리는 위로도 우리에게 넘칩니다.

6  우리가 환난을 겪는 것도 여러분이 위로와 구원을 받게 하려는 것이고, 우리가 위로를 받는 것도 여러분이 위로를 받게 하려는 것입니다. 이 위로는 우리가 겪는 것과 똑같은 고난을 여러분도 견디어 나아갈 때에 그 힘을 드러냅니다.

사랑이 머문 자리들

# 십자가 나무에서

십자가 나무에서
사랑의 꽃이 핍니다.
십자가 나무에서
구원의 밧줄이 내려옵니다.

그러나 십자가 나무에선
고통의 가시가 돋아납니다.
찢겨진 상처에서
붉은 피도 흘러내립니다.
쓰디쓴 물이 솟아납니다.
십자가 나무를 붙들고 가는 길엔
이 모든 일이 다 일어납니다.

그래도 십자가 나무는
놓으면 죽고 마는
지상에서 가장 소중한
생명의 나무입니다.

택시를 타면 운전석 앞에 십자가가 달려 있는 모습을 종종 본다. 또는 액세서리로 십자가를 달고 다니기도 한다. 십자가가 우리를 지켜줄 것이라 믿는 것이다. 십자가는 최고의 흉악한 죄인들이 달려 처형되던 나무인데, 예수님께서 달려 돌아가신 뒤로 그 저주의 십자가 나무가 구원의 나무로 변했다. 그러나 우리가 십자가의 예수님을 따라가는 길엔 견디기 어려운 시련도 많이 따라온다. 실족하지 않고 기도와 신심으로 참고 견디면 예수님처럼 부활의 영광이 기다리고 있다. 이것이 십자가의 길이다.

**마태오 복음서 제16장**

**24** 그때에 예수님께서 제자들에게 말씀하셨다. "누구든지 내 뒤를 따라오려면, 자신을 버리고 제 십자가를 지고 나를 따라야 한다.
**25** 정녕 자기 목숨을 구하려는 사람은 목숨을 잃을 것이고, 나 때문에 자기 목숨을 잃는 사람은 목숨을 얻을 것이다."

# 오래된 창

오래된 이 창은
당신을 기다리는
나의 눈입니다

바람이 불고
빗방울이 들이쳐도
차마 닫지 못하여 물에 젖습니다.

창밖엔 봉숭아가 피고
심심한 감나무는
지붕 위로 어린 감을
던집니다.

지금 잠들지 못하는
나의 눈도
당신을 기다리는
어두운 창입니다.

낮이라도 밤이라도
당신을 기다리는
나의 창은
닫힐 수 없는
하늘 같은 소망입니다.

하느님의 응답을 기다리며 밥 먹고 예배당 창가에 앉아 기도만 하던 시간이 있었다. 창틀은 오래 되어 비가 내리면 빗물이 들이쳐 퉁퉁 불어 썩으려고 했던 오래 된 창이었다. 그때는 답답했던 길고 긴 시간이었지만 지나고 나면 또 그때가 행복했다고 회상된다. 인간은 왜 이리도 변덕스러운지……. 내가 바라는 삶은 은근히 까다롭다. 우리 집이 큰 부자였을 때는 부자가 싫었고 부끄러웠다. 아버지께서 값비싼 옷을 사서 입혀주시면 다른 아이들에게 부끄러워 쉬는 시간만 되면 누가 볼 수 없는 곳에 숨어 있다가, 수업 종이 울리고 나서야 교실에 들어가 앉았다. 그런데 세상 살아 보니 가난한 것도 견딜 수 없는 일이란 것을 알게 되었다. 그냥 하느님을 섬기는 소박한 소시민적 삶이 좋다. 작고 보잘것없는 것들에게서 충분한 감동을 느끼며 하늘나라에 소망을 두고 살아가는 것이 내가 바라는 인생이다. 내가 처음 십자가를 유심히 바라보았던 나이는 참 어렸다. 불과 다섯 살 때 마을에 있는 교회 종탑 위의 십자가를 마음 깊이 담아 두었다. 윌리엄 워즈워드는 "무지개를 바라보면 내 가슴은 뛰노라" 노래했지만, 난 십자가를 바라보았을 때 심장의 박동이 커진다.

**사무엘기 하권 제23장**

3　이스라엘의 하느님께서 말씀하셨으며 이스라엘의 반석께서 나에게 이르셨다. "사람을 정의롭게 다스리고 하느님을 경외하며 다스리는 이는

4　구름 끼지 않은 아침, 해가 떠오르는 그 아침의 햇살 같고 비 온 뒤의 찬란함, 땅에서 돋아나는 새싹과 같다."

5　나의 집안이 하느님 앞에서 그와 같지 않은가! 그분께서는 나와 영원한 계약을 맺으시어 모든 것을 갖추어 주시고 굳건히 하셨다. 그분께서는 나의 구원과 소망을 모두 이루어주시지 않는가!

# 지금 우리가 걷는 길

지금 우리가 어둠 속을
지나가지만
푸른 하늘을 보며 걸어가기에
내일의 영광을 믿습니다.
보세요, 우리의 기인 그림자 위로
눈부신 햇살이 쏟아집니다.
햇살은 손바닥 위에서
금빛 씨앗으로 변합니다.
우리가 희망으로 용감하게
나아가니까 절망의 발걸음은
따라오지 못합니다.
지금 걷고 있는 좁고 어두운 길
가파르고 힘들어도
우리는 함께 오늘의 은총을 살고
희망을 노래하며
나아갑니다.

울고 있는 친구의 어깨를 토닥거리며 울지 말라고 달래주는 어린 아이들의 모습은 아름답다. 내 친구도 그랬었지……. 힘들 때마다 "이 어려움은 아무 것도 아니야"라고 희망을 선언해 주던 친구도 있었는데……. 잠시 행복한 추억에 잠겨 본다. 살아가는 것에 분주해서 놓쳐버리거나 밀쳐둔

따스한 것들이 있다. 우리에겐 고난의 순간을 넘어가는 순수한 희망의 열정이 있었다.

"동생아, 너 건강해야 한다." 카카오톡을 보내오는 오빠의 감동 메시지.

찡찡거리는 외손자 보다가 그만 울고 말았다면서도 용기를 내자며 외치는 새언니의 "파이팅!" 소리……

수술실에 들어가는 낯선 환자에게 "괜찮아요. 아무 일도 일어나지 않을 것입니다"라고 격려하는 월남전 참전용사 할아버지……

그리고 또 교통사고로 입원한 영업용 택시기사 아저씨의 어려운 사정을 듣고, 아무 조건도 없이 오만 원을 선뜻 내어주는 비슷하게 가난한 아저씨……

다 함께 희망을 노래하는 사람들이다.

**요한 복음서 제16장**

**22** 이처럼 너희도 지금은 근심에 싸여 있다. 그러나 내가 너희를 다시 보게 되면 너희 마음이 기뻐할 것이고, 그 기쁨을 아무도 너희에게서 빼앗지 못할 것이다.

사랑이 머문 자리들

# 발자국 소리

암스테르담 골방 속
안네 프랑크의 심장을
움츠리게 하는
골목길 나치 군인들의 발자국 소리
죽음의 신들은 개처럼
유대인들의 냄새를 맡으며
날마다 커다란 군화발소리는
골목과 골목을 누빈다.
너의 숨소리에서 유대인의 냄새가
나고 있는지 모른다.
숨소리도 숨겨라 안네 프랑크
잡혀 가면 넌 마술처럼
비누 한 조각으로 변하여
독일 군인의 얼굴을 닦아주는
비누거품으로 꺼져가거나
그들의 담뱃불을 댕겨주는
유황 한 점이 될 수 있어.
안네는 결국 발자국 소리에
잡혀 죽는다.
그 안네 프랑크가 푸른 군복을 입고
저벅저벅 이스라엘 골목을 걷고 있다.

## 시편 제137편

**1 (136)** 바빌론 강기슭 거기에 앉아 시온을 생각하며 우네.

**2** 거기 버드나무에 우리 비파를 걸었네.

**3** 우리를 포로로 잡아간 자들이 노래를 부르라, 우리의 압제자들이 흥을 돋우라 하는구나. "자, 시온의 노래를 한가락 우리에게 불러보아라."

**4** 우리 어찌 주님의 노래를 남의 나라 땅에서 부를 수 있으랴?

**5** 예루살렘아, 내가 만일 너를 잊는다면 내 오른손이 말라 버리리라.

**6** 내가 만일 너를 생각 않는다면 내가 만일 예루살렘을 내 가장 큰 기쁨 위에 두지 않는다면 내 혀가 입천장에 붙어 버리리라.

**7** 주님, 에돔의 자손들을 거슬러 예루살렘의 그날을 생각하소서. 저들은 말하였습니다. "허물어라, 허물어라, 그 밑바닥까지!"

**8** 바빌론아, 너 파괴자야! 행복하여라, 네가 우리에게 행한 대로 너에게 되갚는 이!

**9** 행복하여라, 네 어린 것들을 붙잡아 바위에다 메어치는 이!

# 조각난 하늘

배신은 늘 사랑과 신뢰가 있는 곳을
찾아다니며 반란을 일으킨다.
배신은 뱀의 혀를 닮았을 것이다.
허공을 향해 날름거리며 붉은 열매처럼
매혹적이나 피눈물을 쏟게 하는
불행의 먹구름이다.
그러나 배신을 모르는 사랑이 있다.
오직 사랑만 사랑인 하늘에서 내려온
첫 눈송이처럼 순결한 사나이가
산산조각 난 파란 하늘이
한 조각만 달랑 걸려 있는
좁은 골목길을 사랑의 십자가를 지고
구경거리가 되어 얻어터지며 걸어가는
이스라엘에 살던 바보 같은 사나이가
사랑 때문에 피 흘리고 사랑 때문에 못 박힌
예수 그리스도가 우리를 보고 있다.
이천 년 전 깨어진 하늘 창으로.

**마태오 복음서 제26장**

14 그때에 열두 제자 가운데 하나로 유다 이스가리옷이라는 자가 수석 사제들에게 가서,

15 "내가 그분을 여러분에게 넘겨주면 나에게 무엇을 주실 작정입니까?" 하고 물었다. 그들은 은돈 서른 닢을 내주었다.

16 그때부터 유다는 예수님을 넘길 적당한 기회를 노렸다.

# 갈보리 가는 길

가시면류관은 머리를 찌르고
등에 진 십자가는 점점 무거워옵니다.
뒤따르는 로마 군인은
어서 빨리 걸으라며 채찍으로
등짝을 내려칩니다.
다리는 힘이 풀려 후들거리고
눈앞은 가물가물 흐려집니다.
어디가 길인지 분간할 수 없어
허공을 딛는 듯 휘청거리며
그들이 몰아가는 곳으로
한 마리 짐승처럼 끌려갑니다.
여인들의 슬피 우는 소리는
가슴 아프게 자꾸 따라오고
사람들의 말소리도 점점 멀어지고 있습니다.
어서 가야 하는데
십자가 기다리고 있는
갈보리 언덕
죄를 이기는 승리의 깃발로
매달려야 하는데
십자가는 돌덩이같이 등을 내려 누르고
발걸음 내려놓을 좁은 길조차
흐려지며 흔들립니다.

**마르코 복음서 제16장**

5  그들이 무덤에 들어가 보니, 웬 젊은이가 하얗고 긴 겉옷을 입고 오른쪽에 앉아 있었다. 그들은 깜짝 놀랐다.

6  젊은이가 그들에게 말하였다. "놀라지 마라. 너희가 십자가에 못 박히신 나사렛 사람 예수님을 찾고 있지만 그분께서는 되살아나셨다. 그래서 여기에 계시지 않는다. 보아라, 여기가 그분을 모셨던 곳이다."

# 성 분묘 성당

예수님의 옷을 벗기다

못 박히심

산제사, 운명하심

아들의 죽음을 받아 안은 성모 마리아

죽음에서 부활로

어디로 가고 계신가요

어머니의 눈물

막달레나 마리아

# 예수님의 옷을 벗기다
## 십자가의 길 제10처

짐승의 가죽을 벗기듯 그들은 예수님의 옷까지 벗긴다. 예수님은 인간에게 도살당하는 양이나 소처럼 옷까지 벗어주어야 했다. 제자들에게 하셨던 말씀처럼 누가 겉옷을 달라하면 속옷까지 벗어주어라 하신 말씀대로 예수님은 헐벗은 알맹이로 남았다. 붉은 핏빛 사랑의 알맹이가 된 예수님에게 그들은 초와 쓸개 맛도 보여주었다. 우리나라에도 고약한 상대를 경고할 때 "너 맛 좀 볼래?" 하는 말이 있는데, 인간 사회는 한국이나 이스라엘이나 옛날이나 지금이나 마찬가지인 모양이다. 그들은 예수님께 초를 먹이고 쓸개 맛을 보게 했다.

세상은 하느님의 아들에게 가장 쓴 쓸개 맛을 보게 하여 인간의 심성이 쓰다는 것을 다시 한 번 확인시켜 주었다. 요즘도 아이들이 소위 왕따를 만들어 괴롭힐 때 억지로 더러운 오물을 먹이고 벌레를 먹게 하면서 고통을 준다고 하는데, 가르쳐주지 않고 배우지 않았어도 어쩌면 그리도 못된 짓하는 것은 잘도 하는지……

이스라엘아, 사람들아, 예수님 아니시면 누가 이토록 악한 본성의 인간을 구원할 수 있단 말인가.

예수님은 십자가를 지고 사람들의 마음속에 난 참혹한 길을 지나가셨다.

**필리피 신자들에게 보낸 서간 제3장**

8  그뿐만 아니라, 나의 주 그리스도 예수님을 아는 지식의 지고한 가치 때문에, 다른 모든 것을 해로운 것으로 여깁니다. 나는 그리스도 때문에 모든 것을 잃었지만 그것들을 쓰레기로 여깁니다.

# 못 박히심
## 십자가의 길 제11처

푸른 잎사귀들을 세우고 살아 있는 생나무에 못을 박는다 해도 사람이 할 짓이 아니라 여겨지는데, 두 눈이 말똥말똥 살아 숨 쉬는 사람을 못 박는 짓은 잔혹함의 극치이다. 인간은 얼마만큼 잔인해질 수 있는가를 보여주는 것 같다. 사람 되신 하느님은 사랑의 극치를 향해 달리고 인간은 자기 태어난 날과 영혼을 저주하듯 악을 향해 치닫는 현장이다.

못 박는 것을 지켜보는 마리아의 영혼은 혼절을 거듭했을 것이다. 눈을 감고 귀를 막아도 뼈를 바스라 뜨릴 듯이 들려오는 "쾅, 쾅" 못 박는 소리, 아들의 몸이 아픈 것은 엄마의 몸이 아픈 것보다 통상 더 아프게 느껴지기 마련이다. 아픈 것도 너무 아프게 되면 더 이상 아픔이 아니다. 고통을 넘어서고 있는 아들과 어머니, 예수님과 마리아……. 만물도 숨을 죽이고 있었으리라.

살아서 십자가에 못 박히시는 예수님, 하느님의 아들을 거부하는 사람들, 거룩한 사랑을 찢어발기는, 이스라엘 백성들의 포악함은 최고조에 달했다.

하느님의 어린 양, 예수님의 가시 박힌 머리에서 방울방울 맺히며 흘러 내렸을 순결한 핏방울만 하늘과 땅에서 홀로 붉었다. 그러므로 순결하고 거룩하신 예수님 사랑의 피에 조금이라도 물든 사람은 구원의 특별한 은혜를 입게 되는 것이다.

사는 길 돌아돌아

하느님 아버지의 은혜로

하필 예수님 못 박히는 십자가 아래

발길이 멈추었습니다.

망치소리, 하늘과 땅을 잇는

사다리 만드는 소리

하느님의 아드님께서

사악한 인간에 대한

하느님의 진노로 끊어진 공간을

몸소 당신의 육신으로 잇는

사다리가 되고 있었다.

**갈라티아 신자들에게 보낸 서간 제6장**

**14** 그러나 나는 우리 주 예수 그리스도의 십자가 외에는 어떠한 것도 자랑하고 싶지 않습니다. 그리스도의 십자가로 말미암아, 내 쪽에서 보면 세상이 십자가에 못 박혔고 세상 쪽에서 보면 내가 십자가에 못 박혔습니다.

# 산제사, 운명하심
## 십자가의 길 제12처

"나의 하느님, 나의 하느님, 어찌하여 나를 버리셨습니까?" 부르짖으시며 예수님께서 돌아가시자, 성전 휘장이 위에서 아래까지 두 폭으로 찢어졌다. 이것은 아브라함이 소와 양의 배를 갈라 두 쪽을 내어 땅에 늘어뜨려 놓았을 때, 하느님의 불이 가운데를 사르며 지나갔다는 것을 기억하게 하는 장면이다. 그러나 쪼개지 않은 비둘기 사이로는 지나가지 않았다. 이를 지켜본 백부장은 "이 사람은 참으로 하느님의 아들이었구나!"라고 말했다.

그런데 소와 양과 비둘기는 죽은 몸으로 들여진 제사였으나, 예수님은 산제사를 드린 것이다. 이보다 더 강력한 사랑의 요청은 없을 것이다.

낮 열두 시가 되자 어둠이 온 땅을 덮어 오후 세 시까지 계속 되었으며 세 시에 예수님은 돌아가신 걸로 기록되어 있다.

그리스도인으로 세상에서 환영받으며 잘 나간다고 자랑하는 것은 잘못이다. 그런 것들로 이웃을 판단하고 저울질하며 대하는 것도 그릇된 행위이다. 세상은 언제나 자기와 닮은꼴을 좋아하며 변덕스럽기 짝이 없어 언제든지 배반하며 변할 수 있는 자세가 되어 있다. 세상은 물질적이며 육적이라 언제든지 더 나은 것이 나타나면 더 못한 것은 버리는 습성으로 흘러간다. 세상은 정의와 진리를 싫어하고 참 사랑을 좋아하지 않는다. 우리가 존경해야 될 사람은 성공한 사람이 아니라, 타인을 위해 희생하는 삶을 사는 사람이다. 그럼에도 우리는 언제나 지도자를 정할 때, 그가 어떻게 공익을 위해 정의롭게 살아 왔는가보다는 얼마나 대단하게 성공했는가에 초점을 맞추어 열광한다. 우리는 이 부분에서 너무나 많은 손실을 자초하게 된다. 그래서 군중이 반드시 정의롭지는 않은 것이다.

어두운 세상에서 죽을 것 같은 고난을 만나, 심령이 쪼개지는 애통함으로 통회하며 부르짖고 자복하는, 모든 사람들의 심령 위에 하느님 자비하심으로 임하시어 그의 고난을 불살라 소망과 평안에 이르게 하여 주시옵소서.

**요한 복음서 제15장**

**13** 친구들을 위하여 목숨을 내놓는 것보다 더 큰 사랑은 없다.

# 아들의 죽음을 받아 안은 성모 마리아
## 십자가의 길 제13처

　예수님께서는 돌아가시기 전, 곁에 서 있던 요한에게 어머니 마리아를 부탁한다. 육신의 아들로서 어머니에 대한 책임을 잊지 않으시는 효심을 보여준다. 어머니 마리아는 고통 끝에 예수님께서 숨을 거두자 그제야 아들을 품에 안게 된다. 이스라엘 백성과 대사제와 로마 군인들이 마음껏 채찍질하고 침 뱉고 갈대가지로 머리를 때리고 가시 면류관을 씌우고 창으로 옆구리를 찌르고 초를 먹이고 쓸개를 맛보게 한 다음, 십자가 위에 매달아 두었다가 숨이 멈춘 것을 확인하고는 내려서 마리아에게 준 것이다.

　죽은 이의 몸은 차갑고 창백하다. 온몸을 힘차게 돌던 붉은 피는 정지되고 따듯하게 팔딱이던 숨결은 정지되어 침묵한다. 숨이 멈춘 사람과 살아 있는 사람 사이에 서로 할 일이란 없다. 죽은 사람은 무덤으로 가야 하고 산 사람은 집으로 돌아가야 한다. 아무리 곁에 두고 싶어도 죽은 시체와 함께 사는 사람은 없기 때문이다. 죽음은 이별이 되는 것이다.

　살아 숨 쉬는 동안에 상상하는 죽음의 모습은 자신에게는 절대로 오지 않을 것 같은 죽음이지만, 사랑하는 이의 죽음을 당장 눈앞에서 겪게 되면 세상에서 돌이킬 수 없는 일 한 가지가 분명하게 있음을 뼈저리게 체험하게 된다. 죽은 자가 살아난 일은 성경에만 있기 때문이다. 다윗도 솔로몬도 아브라함도 모세도 죽은 자를 살린 적은 없다. 엘리야와 예수님만 죽은 이를 살린 적이 있다. 그런데 엘리야는 살아서 승천했고 예수님께서는 이 땅에서 돌아가신 후 어머니 마리아의 품 안에 안겨 있었다.

## 히브리인들에게 보낸 서간 제12장

1  그러므로, 이렇게 많은 증인들이 우리를 구름처럼 에워싸고 있으니, 우리도 온갖 짐과 그토록 쉽게 달라붙는 죄를 벗어 버리고, 우리가 달려야 할 길을 꾸준히 달려갑시다.

2  그러면서 우리 믿음의 영도자이시며 완성자이신 예수님을 바라봅시다. 그분께서는 당신 앞에 놓인 기쁨을 내다보시면서, 부끄러움도 아랑곳하지 않으시고 십자가를 견디어 내시어, 하느님의 어좌 오른쪽에 앉으셨습니다.

3  죄인들의 그러한 적대 행위를 견디어 내신 분을 생각해 보십시오. 그러면 낙심하여 지쳐 버리는 일이 없을 것입니다.

4  여러분은 죄에 맞서 싸우면서 아직 피를 흘리며 죽는 데까지 이르지는 않았습니다.

# 죽음에서 부활로

## 십자가의 길 제14처, 제15처

아무리 강한 것도 생명의 힘은 막을 수 없다. 조고만 풀씨들도 씨앗 속에 숨겨 있는 생명의 힘으로, 바위도 시멘트 담장도 비집고 보란 듯이 싹을 틔우고 꽃을 피운다. 이 대단한 생명체를, 죽일 수는 있지만 살릴 수는 없는 것이 인간의 한계이다. 그래서 살인한 자가 받는 벌이 그 어느 범죄의 벌보다도 중하다. 그리고 살아 있는 것들이 제일 두려워하는 것도 죽음이다. 벌레들도 죽이려고 다가가면, "난 너를 죽일 거야"라는 말을 입 밖에 내지 않았지만 두려워 떨며 얼른 몸을 숨기느냐 정신이 없다. 식물인 당근도 토끼가 가까이 다가가면 겁이 나서 몸을 후들후들 떤다고 한다. 수많은 벌레들도 죽이기는 쉽지만 죽은 것을 하루살이 한 마리도 살렸다 하는 의사나 과학자는 없다. 이스라엘 백성도, 대사제들도, 로마병정도 예수님을 죽여서 무덤 속에 가두고 큰 돌로 막고도 살아날까 봐 무덤 앞을 로마병사를 두어 지켰으나 예수님의 부활을 막을 수는 없었다. 예수님께서는 부활이요 생명이셨기 때문이다.

어느 날 나는 책장을 멀뚱멀뚱 쳐다보다 흠칫 놀랐다. '부활'이라고 쓰여 있는 작고 낡은 책이 눈에 보였기 때문이다. 자세히 보니 그것은 『패자부활』이란 바둑책이었다. '그렇구나. 예수님 말고 부활하는 것이 세상엔 또 한 가지 있었구나.' 아마 그 바둑책의 저자가 기독교인이었던 것 같다.

예수님은 어둠 속에서 사망의 권세를 이기고 막달레나 마리아와 제자들 앞에 나타나신다. 도마가 부활의 예수님을 의심하자 예수님께서는 창에 찔린 자국이 있는 옆구리에 손을 넣어보라고 하셨다. 그리고는 보지 않고 믿는 것은 더 귀하다고 말씀하셨다.

우리들은 영향력이 있는 큰 손님이 오신다고 하면 손님이 나타나기 전부터 대청소를 하고, 별식을 마련하고, 옷도 제일 좋은 것으로 챙겨 입고, 아직 손님이 든 것도 아닌데, 말씨도 평소보다 조심조심 무척 교양 있게 하기 시작한다. 잘 보여야 할 것 같아서, 잘 보이면 좋은 일이 일어날 수도 있어서, 혹은 소중하거나 존경할 만한 사람이라서 태도가 변화되는 것이다.

세계의 여기저기서 삶의 모습들이 막장으로 가고 있는 것은 부활의 예수님을 믿지 않는 까닭이요, 사후의 심판을 믿지 않는 까닭이다. 예수님을 무덤 속에 장사지낸 제자들은 낙심하여 뿔뿔이 흩어졌다. 막달레나 마리아는 안식 후 첫날 아직 어두운 아침에 예수님을 찾아갔는데, 무덤이 열려 있고 예수님이 보이지 않는 것을 보고 훌쩍이며 울고 있었다. 이때 예수님께서 나타나셨다.

"여자여, 왜 울고 있느냐. 누구를 찾느냐?" 예수님 말씀이 메아리친다.

어둠의 권세를 깨뜨리고 생명의 빛을 밝히신, 부활의 예수님께서 보고 계시고 듣고 계시고 곁에 계시는데, 지금 우리 울고 있는가?

"아, 예수님!"

# 어디로 가고 계신가요
## 수도자의 노래


눈처럼 흩날리는 하얀 비처럼

비처럼 쏟아지는 눈발처럼

그림자보다 더 진한 어두움 속에 욕망을 지우고

그대 어디로 가시나요.

살아서 죽은 듯 죽은 듯 살아서

영혼만 촛불처럼 타올라

어디 그대를 위한 명랑한 노래라도

마련되어 있는지

가려낸 말들 속에 버린 이야기들

성벽에 쌓여진 돌처럼 고요하고

뜰에는 오늘따라 한 송이 붉은 꽃도

보이지 않네요

바람도 불지 않는데

발자국 소리만 울리며

그리스도의 제단 앞으로 걸어가는

그대 곁을 따라오는 절반의 햇살

천국과 지상 경계가 없고

시간이 안개꽃 무리로 피어나는

그대 환희의 길 걸어가고 있네요.

## 마태오 복음서 제10장

**28** 육신은 죽여도 영혼은 죽이지 못하는 자들을 두려워하지 마라. 오히려 영혼도 육신도 지옥
에서 멸망시키실 수 있는 분을 두려워하여라.

# 어머니의 눈물

　세상에서 가장 잔인한 장면이 있다면 그것은 어머니 앞에서 그 아들을 죽이는 것일 것이다. 전원주택에 살 때 뒤뜰에는 딱새들이 둥지를 틀고 새끼를 키우고 있었다. 나는 그 모습이 신기해서 들여다보곤 했는데, 하루는 벌레를 물고 와서 지켜보던 어미 새가 나를 마구 공격해 왔다. 어미 새는 무척 흥분해서 날개를 심하게 파닥거리며 달려들었다. 내 주먹 반 정도 크기의 몸으로…… 두 눈이 쪼일까 무서워서 얼른 피했다. 바닷가 부두에서 어미원숭이한테 새끼를 빼앗아 배에 싣고 멀리 떠나가니 어미 원숭이가 울다가 죽었는데, 창자가 모두 끊어져 있었다고 한다. 어미 소에게서 송아지를 떼어다 장에 팔려고 데려가면, 어미 소는 눈물을 글썽이고 송아지는 구슬피 울어대는 모습이 또한 슬프기 짝이 없다고 한다. 그러나 모든 어머니들의 가장 큰 불행은 아들이 죽는 모습을 지켜봐야 하는 상황일 것이다.

　하느님의 천사가 성령의 능력으로 아들을 가질 것이라 전하며, 칼에 찔리는 아픔을 겪을 것이라 예언했지만, 그것이 이리 닥칠 줄은 차마 모르셨을 것이다. 그러나 예수님은 겟세마니 동산에서 마지막 밤 기도하실 때 알고 계시고 어머니께서 마음 아파하실 것이 괴로운 이유에서도 피눈물을 흘렸을 것이다. 예수님께서 가시관을 쓰셨을 때 어머니인 마리아가 더 아팠을 것이고, 채찍에 맞을 때마다, 십자가에 못 박힐 때 예수님만큼 아니면 더 많이 아프셨을 분은 지구상에 오직 한 분, 어머니 마리아였을 것이다. 그래서 그분을 천상의 어머니라 해도 지나침은 아니라 여겨진다. 예수님은 우리와 아들딸들의 죄를 짊어지고 돌아가셨으니 성모 마리아의 눈물과 우리와 어찌 관계가 없겠는가. 성모 마리아님께서 통곡하신 눈물 속엔 우리 모두의 죄가 포함된 원인도 들어 있었다. 그러므로 그분을 공경하고 위로하며 또한 우리들에 대한 기도를 부탁드리는 마음으로 묵주의 기도를 바쳐 드려야 한다.

**마르코 복음서 제15장**

37 예수님께서는 큰 소리를 지르시고 숨을 거두셨다.

38 그때에 성전 휘장이 위에서 아래까지 두 갈래로 찢어졌다.

39 그리고 예수님을 마주보고 서 있던 백인대장이 그분께서 그렇게 숨을 거두시는 것을 보고, "참으로 이 사람은 하느님의 아드님이셨다" 하고 말하였다.

40 여자들도 멀리서 지켜보고 있었는데, 그들 가운데에는 마리아 막달레나, 작은 야고보와 요셉의 어머니 마리아, 그리고 살로메가 있었다.

41 그들은 예수님께서 갈릴래아에 계실 때에 그분을 따르며 시중들던 여자들이었다. 그 밖에도 예수님과 함께 예루살렘에 올라온 다른 여자들도 많이 있었다.

# 막달레나 마리아

가끔 보면 정말 괜찮은 남자가 전혀 어울리지 않는 여러 가지로 뒤쳐지는 여인과 사랑에 빠지는 불가사의한 일이 일어난다. 이러한 행운을 만나는 여인을 "신데렐라가 되었다"라고 표현한다. 새엄마의 구박만 받고 집안의 궂은일이나 했던 신데렐라가 왕자님을 만나서 결혼하게 되는 놀라운 운명의 반전!

이것은 예수님께서 막달레나 마리아에게 스승님이라 부르도록 허락하고 데리고 다닌 것도 마찬가지이다. "네가? 너는 내가 잘 아는데……" 이것은 2인칭의 네가 알고 있는 너만의 기억일 뿐, 현재의 1인칭 나는 전혀 딴 상황이 되었다는 것이다.

막달레나 마리아는 그를 괴롭히던 일곱 귀신에게서 해방이 되었고, 죄 사함도 받은, 새사람, 딴사람, 복 있는 여자, 사랑받는 여인이 된 것이다. 죄 속에서 살았던 그가 예수님을 따라다니는 것이 전부인 삶이 된 것이다.

이런 마리아는 예수님께서 십자가에 달려 돌아가실 때 멀리서 지켜보고, 묻히실 때도 곁에 있었으며, 그리고 새벽바람에 무덤 앞으로 달려온 것이다. 창녀라는 말까지 전승되기도 하는 여인이 육신을 입고 나타나신 하느님 아들의 1등 여비서 정도가 되었던 것이다. 예수님 구원의 역사는 미천한 이들을 위해 바닥을 모른다. 이 부분에서 여성들은 힘을 얻기 시작한다. 막달레나 마리아도 죄 사함 받았는데 나라고 못 받겠는가.

너도 나도 여인들이 예수님께로 몰려든다. 십자가 사건 이후 오늘날까지, 예수님의 진실하신 사랑을 받고 싶어서…….

예수님 성 분요 성당에 있는 막달레나 마리아 제대는, 부활하신 예수님과 마리아가 처음 만난 자리에 위치해 있다. 부활하신 예수님을 만난 마리아가 너무 좋아서 예수님 몸에 손을 가까이하려 하자, 예수님께서 아직 만지지 말라고 손짓하시는 장면이 새겨져 있다.

예수님께서 부활하시여 설마 자기의 이름을 다시 불러주실 수 있을까? 꿈같은 일을 현실로 살았던 막달레나 마리아는, 천함이 귀함이 되고 괴로움이 기쁨으로 변하게 해주신 예수님을 만난 여인이었다.

옥합

값비싼 향유의
옥합도 없이
마음만 쨍그렁
깨뜨렸습니다

고운 피리도 없이
그냥 울었습니다

당신의 두발은
어디에도 없고

당신께서 보내신
발들만 있습니다

정중히 무릎 꿇고
눈물로 씻겨야 할
당신의 이름으로
찾아 온 발들만
지금 있습니다

예수님을 만나는 막달레나 마리아 부조

## 요한 복음서 제20장

**17** 예수님께서 마리아에게 말씀하셨다. "내가 아직 아버지께 올라가지 않았으니 나를 더 이상
붙들지 마라. 내 형제들에게 가서, '나는 내 아버지시며 너희의 아버지인 분, 내 하느님이시며
너희의 하느님이신 분께 올라간다.' 하고 전하여라."

# 예수님 승천 성당

님의 발자국
천사의 눈물

# 님의 발자국

어느 해 겨울 산길을 걷다가 눈 위에 글씨처럼 찍힌 가녀린 새의 발자국을 보았다. 추운 겨울 날 맨발로 눈 위를 걷다니 빨갛게 얼었을지도 모를 산새의 가느다란 다리가 생각나 한참을 들여다보았다. 새들은 바닷가 모래 위에도 발자국을 남겨서 그들이 머물고 간 것을 알려준다. 또 눈 오는 날 마당에 쌓인 눈 위로 닭과 강아지가 뛰어다니면 강아지 발자국은 매화꽃으로 찍히고 닭 발자국은 매화나무 가지처럼 찍혀서 한 폭의 동양화를 그리게 되는데, 옛 문인들은 이를 보고 즐기며 시를 썼다고 한다. 아무도 걷지 않은 이른 아침 눈길을 누군가 걸어간 발자국을 보면 발자국엔 어딘지 모르게 걸어간 사람의 분위기가 물씬 찍어 있다. 어른인지 아이인지, 여자인지 남자인지, 무슨 신발을 신고 걸었는지, 걸음새는 어떠했는지, 조심조심 걸었는지 바삐 걸었는지까지…….

그런데 예수님 승천 성당에 찍혀 있는 승천 당시의 예수님 발자국은 바위 위에 찍혀 있어서 놀라운 감동을 준다. 예수님의 몸무게가 무거워서 찍힌 것은 아니었을 것이다. 아마 예수님의 두 발이 들려 하늘로 올라가는 순간, 무생물인 바위이지만 바위에게도 번쩍 들려 하늘로 올라가시는 엄청난 힘의 충격이 있는대로 전해졌을 것이고, 바위는 그만 영광스러운 예수님 발자국을 가슴에 품게 되었을 것이라 짐작해 본다.

남겨주고 가신 우리 예수님의 발자국은 예수님에 대한 그리움과 사랑을 증폭시켜 준다.

예주님의 제자인 우리의 가슴에도 예수님의 발자국이 찍혀 있어야 하지 않을까.

그러나 예수님께서 우리에게 주고 싶으신 것은 죄에서의 구원과 부활이셨다. 이를 위해서는 우리를 돕고 인도하여 주실 분이 있어야 했기에, 예수님께서는 승천하시기 전에 성령님을 보내주실 것이라 하셨다. 그러므로 오순절마다 다락방에서는 불길로 임하시는 성령님이 오셨고, 제자들은 담대하게 세계를 향하여 선교여행을 떠나게 된다. 하늘나라의 복된 소식을 전하고 다니는 이의 발은 암사슴의 발처럼 아름답다고 했다.

**베드로의 첫째 서간 제1장**

3  우리 주 예수 그리스도의 아버지 하느님께서 찬미 받으시기를 빕니다. 하느님께서는 당신의 크신 자비로 우리를 새로 태어나게 하시어, 죽은 이들 가운데에서 다시 살아나신 예수 그리스도의 부활로 우리에게 생생한 희망을 주셨고,

4  또한 썩지 않고 더러워지지 않고 시들지 않는 상속 재산을 얻게 하셨습니다. 이 상속 재산은 여러분을 위하여 하늘에 보존되어 있습니다.

5  여러분은 마지막 때에 나타날 준비가 되어 있는 구원을 얻도록, 여러분의 믿음을 통하여 하느님의 힘으로 보호를 받고 있습니다.

갈릴리 호숫가 걸으시던

내 님의 발자국

바위 위에도 찍혀 있네.

풍랑 이는 호수 위를 걸으시며

베드로야 나를 보아라.

외치시며 힘차시던 님의 발자국

갈보리 언덕길을

무거운 십자가에 넘어지고

채찍질 맞아 쓰러지며

걸으시던 내 님의 발자국

너희는 나를 누구라고 생각하느냐

물음을 던지시고

제자들 앞에서 하늘로 오르신 나의 님

라뽀오니-

막달레나 마리아처럼 부르면

달려와 주실까

겟세마니의 밤 짙은 고뇌의 그림자

올리브 숲속에 감추어 버리고

바위가 안고 있는 님의 발자국

한 번 새겨지면 지워질 줄 모르는

변치 않는 바위 위에 찍어 두셨네.

# 천사의 눈물

예수님 승천 경당 돌 벽에 떨어진 초록빛 천사의 눈물, 낯익은 식물이다. 천사의 눈물이라는 식물을 처음 본 것은, 정원이 잘 가꾸어진 어느 음식점에서였고, 두 번째 본 것은 어느 교회 지하 예배당에서였다. 음식점 정원에는 여러 가지 화초들이 이름표를 달고 전시되어 있었다. 그래서 '천사의 눈물'이라는 가는 줄기에 팥 알갱이만한 잎사귀가 조르륵 이슬방울처럼 맺혀 있는 식물을 알게 된 것이다. 정원의 천사의 눈물도 지하 예배당의 천사의 눈물도 올망졸망 앙증맞은 초록 구슬 같은 잎사귀를 매달고 잘 자라고 있었다.

천사의 눈물을 세 번째 본 것은 올 여름이었다. 우리 동네 에덴꽃집인데 사실 이 꽃집은 이상했다. 꽃집 앞에 쓰레기들이 뒹굴고있어 꽃집을 하지 않을 것인가 생각하고 살펴보면 안에 불이 켜져 있고, 진열대에 화초들은 뜨거운 더위에 물을 주지 않아서 말라 죽어가고 있었다. 이름만 에덴꽃집이고 현실은 꽃들의 골고타 언덕이었다. 그 중에 천사의 눈물도 여러 개가 있었는데, 물을 주지 않고 돌보지 않는 주인의 무관심과 학대에도 용케 죽지 않고 살아 있는 것이었다. 만약 식물이 아니라 동물이었다면, 목마르다고 살려달라는 비명 소리에 온 동네가 시끄러워서 벌써 신고가 들어갔을 텐데…….

8월 말쯤 드디어 큰마음 먹고 천사의 눈물을 구조하러 꽃집에 들어갔다. 웃으면서 여주인에게 물었다. "왜 화초들을 말려 죽이세요?" 주인은 아니라고 "가끔 물을 주어서 그렇다"고 대답한다. 내가 천사의 눈물 주인도 엄마도 아니니 더 추궁할 자격이 없었다. 다행한 것은 꽃집주인은 별일 없고 화장도 하고 핑크빛 레이스로 직접 뜨개질한 작품이라며 시원한 옷도 입고 있었다. 나는 천사의 눈물 두 개를 사가지고 와서 사랑으로 어루만지며 키우고 있는 중이다.

그리고 네 번째 본 천사의 눈물이 예수님 승천 경당 돌 벽에 자라고 있는 천사의 눈물이다. 무척 반가웠는데 일부러 심은 것인지 자생하는 것인지는 모르지만 돌 벽에 붙어서 잘 자라고 있다. 푸른 것 생명 있는 것이라고는 없는 무뚝뚝한 침묵의 돌 틈에서 자라고 있는 모습을 보니 에덴꽃집 천사의 눈물처럼 강하고 씩씩한 천사의 눈물 같다. 왜 천사의 눈물이 예수님 승천 성당 벽에 맺혀 있을까. 천사의 눈물 꽃말은 '치유'라고 한다.

그럼, 천사의 눈물은 존재하는 걸까. 성경 어디를 보아도 천사가 울었다던가, 웃었다는 이야기는 못 보았다. 천사의 눈물은 없기에 예쁜 초록 잎사귀를 천사의 눈물이라 부르는 것 같다. 천사는 자신에 대한 감정표현 없이 하느님의 심부름만 수행하는 존재이기에……. 그런데 왜 사람들은 천사는 착하다고 생각하는 걸까. 옛이야기 속에서든 성경에서든 천사는 정의롭고 자비하신 하느님의 뜻을 충실히 전달하는 역할을 한다.

**요한 복음서 제11장**

32 마리아는 예수님께서 계신 곳으로 가서 그분을 뵙고 그 발 앞에 엎드려, "주님, 주님께서 여기에 계셨더라면 제 오빠가 죽지 않았을 것입니다" 하고 말하였다.

33 마리아도 울고 또 그와 함께 온 유대인들도 우는 것을 보신 예수님께서는 마음이 북받치고 산란해지셨다.

34 예수님께서 "그를 어디에 묻었느냐?" 하고 물으시니, 그들이 "주님, 와서 보십시오" 하고 대답하였다.

35 예수님께서는 눈물을 흘리셨다.

36 그러자 유대인들이 "보시오, 저분이 라자로를 얼마나 사랑하셨는지!" 하고 말하였다.

# 성 안나 성당

인간 예수의 외갓집
벳자타 연못

성 안나 성당 제대

# 인간 예수의 외갓집

성모 마리아가 한 떨기 붉은 장미꽃이라면

그의 모친 안나는 장미꽃을 감싸 주는 새하얀 안개꽃 무리 같은 분이시다.

성육신하신 인간 예수의 외조부모님은 신실하고 존경 받는 베들레헴 사람들이었다.

외할아버지 요아킴은 이스라엘에서 존경받는 부유한 사람이었고 신실한 믿음의 소유자였다.

그는 결혼하여 아이가 없자, 광야에 나아가 40일 간 금식 기도를 하고 안나는 천사의 계시를 받게 된다.

그가 잉태하여 낳은 아이는 온 세상에 이름을 떨칠 것이라는 것이다.

안나의 유해는 콘스탄티노플로 옮겨지고 그 무덤위에 장엄하면서도 단아한 성안나 성당이 세워졌다.

성안나 성당에서는 많은 기적이 일어났다고 전해 온다.

**루카 복음서 제2장**

51  예수님은 부모와 함께 나사렛으로 내려가, 그들에게 순종하며 지냈다. 그의 어머니는 이 모든 일을 마음속에 간직하였다.

# 벳자타 연못

기다린다는 것처럼 힘든 것은 없다. 그러나 기다린다는 목적까지 없으면 살 희망도 없다. 벳자타 연못가에서 물이 동할 때를 기다리는 병자는 몸이 나을 수 있다는 희망을 갖고 있었다. 물이 일렁이는 순간을 기다려야 하고 그것도 제일 먼저 들어가야 한다는 조건, 병자들이 빨리 달리기 시합을 해야 한다는 것이다. 서른여덟 해를 기다린 병자는 다른 사람이 먼저 들어가는 모습을 그저 바라만 보고 있었다. 그는 다른 병자들보다 더 병자였기 때문에…….

다른 사람이 부자 되는 모습, 다른 집 아들이 공부 잘하고 취업 잘하는 모습, 다른 집 부부 행복한 모습을 지켜보고 있어야 하는 무기력하고 나약한 오늘날의 또 다른 이들의 모습 혹은 내 모습 이웃 누구의 모습과 다를 바가 없다.

"죽고 싶어요. 우울해요. 살 가치가 없어요. 나는"이라고 말하는 사람들…

벳자타 연못가의 오랜 된 병자도 종종 차라리 죽고 싶을 때도 많았을 것이다. 38년 동안 굶어 죽지 않고 살아 있는 것만도 사실적으로 대단한 일이다. 현실적으로 죽을 때까지 연못에 들어갈 수 없는 상황이다. 그런데 예수님께서 나타나셔서 연못 아닌 곳에서 치유를 받았다.

연못만 바라보고 있었는데 연못 속에 들어가야만 치유될 줄 알았는데, 연못 밖에 희망이 없는 줄 알았는데, 하느님, 제가 희망이라고 믿는 곳 아닌 곳에서 문득, 나타나시는 하느님!

이렇게 간단하게 치유 받고 해결될 수 있는 것을, 너무 오래 기다려 왔습니다.

## 요한 복음서 제5장

1　그 뒤에 유대인들의 축제 때가 되어 예수님께서 예루살렘에 올라가셨다.

2　예루살렘의 '양 문' 곁에는 히브리말로 벳자타라고 불리는 그 못에는 주랑이 다섯 채 딸렸는데.

3　그 안에는 눈먼 이, 다리 저는 이, 팔 다리가 말라비틀어진 이 같은 병자들이 누워 있었으며

4-5　그 중에는 서른여덟 해나 앓는 사람도 있었다.

6　예수님께서 그가 누워 있는 것을 보시고 또 이미 오래 그렇게 지낸다는 것을 아시고는, "건강해지고 싶으냐?" 하고 그에게 물으셨다.

7　그 병자가 예수님께 대답하였다. "선생님 물이 출렁거릴 때에 저를 못 속에 넣어줄 사람이 없습니다. 그래서 제가 가는 동안에 다른 이가 먼저 내려갑니다."

8　예수님께서 그에게 말씀하셨다. "일어나 네 들것을 들고 걸어가거라."

9　그러자 그 사람은 곧 건강하게 되어 자기 들것을 들고 걸어갔다.

# 세례자 성 요한 성당

세례자 성 요한의 강력한 충고
예수님을 먼저 생각하는 사람
러시아 방물장수의 십자가

# 세례자 성 요한의 강력한 충고

늙도록 아이가 없던 사제 즈가리야에게 천사가 아들이 태어날 것을 예언해 준다. 그러나 즈가리야는 두 부부가 나이 많은 탓만 하며 믿지 않았다. 그래서 아들이 태어날 때까지 벙어리로 있는 벌을 받았다. 요한은 벙어리가 되어서, 아들이 태어나자 천사가 지어준 이름을 글씨로 써서 아내 엘리사벳에게 보여주어야 했다. 요한은 겸손한 사람이었으나 무척 강력하게 말한 적이 있었다.

"이 독사의 족속들아! 닥쳐올 그 징벌을 피하라고 누가 일러주더냐. 너희는 회개했다는 증거를 행실로써 보여라"(마태 3, 7)

세례자 요한이 바라사이파 사람들과 사두가이파 사람들을 질타하는 말이었다. 그들이 세례를 받으려고 요한에게 왔다. 그러나 요한은 그들이 속은 변하지 않고 겉치레로 세례를 받으려 하는 것을 알고 직설적으로 던진 말이다. 회개하고 예수님을 믿는 신자의 모습을 행실로 보이라는 것이었다. 또한 예수님의 이름으로 불러들이고 사람의 행위로 실족시키는 일이 복음의 현장에서 일어나면 안 된다. 성전 안에서의 모습과 밖에서의 삶은 일치해야 한다. 이것은 하느님 자녀가 취해야 할, 삶 속에서의 실천의지 없이, 믿음으로만 사함 받으려는 오늘날의 기독교인들에 대한 경고가 되기도 한다.

저희의 신앙이 예수님의 가르침과 일치되는 삶이 되기 원합니다. 그러나 성령님의 도움 없이는 너무 어려운 일입니다. 나약하고 변화무쌍한 인간이기 때문입니다.

자비하신 하느님, 마음과 말과 행위로 지은 죄악들을 용서해 주십시오.

세례자 성 요한 탄생기념 성전 종탑

하느님의 자녀인 것이 일상의 행위로 나타나는 삶이 되도록 도와주시옵소서.

성부와 성자와 성령의 이름으로 아멘.

## 루카 복음서 1장

**57** 엘리사벳은 해산달이 차서 아들을 낳았다.

**58** 이웃과 친척들은 주님께서 엘리사벳에게 큰 자비를 베푸셨다는 것을 듣고, 그와 함께 기뻐하였다.

**59** 여드레째 되는 날, 그들은 아기의 할례식에 갔다가 아버지의 이름을 따서 아기를 즈가리야라고 부르려 하였다.

**60** 그러나 아기 어머니는 "안 됩니다. 요한이라고 불러야 합니다" 하고 말하였다.

**61** 그들은 "당신의 친척 가운데에는 그런 이름을 가진 이가 없습니다" 하며,

**62** 그 아버지에게 아기의 이름을 무엇이라 하겠느냐고 손짓으로 물었다.

**63** 즈가리야는 글 쓰는 판을 달라고 하여 '그의 이름은 요한'이라고 썼다. 그러자 모두 놀라워하였다.

**64** 그때에 즈가리야는 즉시 입이 열리고 혀가 풀려 말을 하기 시작하면서 하느님을 찬미하는 것이었다.

**65** 그리하여 이웃이 모두 두려움에 휩싸였다. 그리고 이 모든 일이 유다의 온 산악 지방에서 화제가 되었다.

**66** 소문을 들은 이들은 모두 그것을 마음에 새기며, "이 아기가 대체 무엇이 될 것인가?" 하고 말하였다. 정녕 주님의 손길이 그를 보살피고 계셨던 것이다.

# 예수님을 먼저 생각하는 사람

세례자 성 요한은 광야에서 살다가 서른 살에 세상에 모습을 드러내고 하느님의 아들이신 예수님의 출현을 대대적으로 선포하기 시작한다. 그리고 결국 헤로데에게 목이 잘려 죽게 된다. 구약시대의 엘리야나 마찬가지로 세례자 성 요한에게 있어서 자기 자신을 위한 삶이란 없었다.

아이들을 보면 불량식품을 좋아한다. 색이 유혹적이고 맛이 자극적이기 때문이다. 사람들은 대부분 창조주 자체보다는 창조주가 만든 것들을 더 좋아한다. 그렇게 한평생을 지내온 것도 나 자신이다. 사람들은 만물의 즐거움에 속아 만물을 지으신 분을 깜빡깜빡 잊는다.

그런데 죽는 순간이 오면 영혼은 한 가닥 여린 숨을 할딱이며 지으신 분과 일 대 일로 대면해야 된다. 지금 살아 있는 사람은 모두가 백 년도 안되어 이 일을 만나게 된다. "예수님은 조금만 기다리십시오." "예수님은 좀 참고 계십시오." 이렇게 살아가고 살고 있는 것이 사람이다.

그런데 예수님을 먼저 생각하는 사람이 있었는데 그분이 세례자 성 요한 이다. 무엇이 중요하고 무엇이 안 중요한 것인가를 발견할 줄 아는 사람은 일을 잘 처리하는 지혜롭고 복된 사람이다. 마치 알맹이와 쭉정이를 구분할 줄 알거나 실체와 그림자를 구분해 내는 사람처럼….

물건을 구입한 다음 알맹이는 버리고 포장지를 챙기는 사람은 아무도 없다. 그러나 인생에 있어서 알맹이는 팽개치고 껍데기로 에너지와 세월을 허송하는 경우는 너무 많다. 기독교인이 이런 삶을 산다면 참으로 안타까운 일이다.

"인생은 지나가고 죽으면 끝장이다"라고 생각하면 아무렇게나 살게 된다. 그러나 인생은 짧고 심판은 영원하다. "너희는 먼저 그 나라와 의를 구하여라." 예수님의 말씀이시다. 그리스도인은 하느님의 말씀을 살고 예수님을 살아야 한다. 언제까지나 철부지 어린아이처럼 장난감을 갖고 노는데 정신 팔려서 진노의 캄캄한 밤을 맞을 수는 없다.

성 요한이 예수님께 세례를 베푸는 성화

**마태오 복음서 제3장**

5   그때에 예루살렘과 온 유다와 요르단 부근 지방의 모든 사람이 그에게 나아가
6   자기 죄를 고백하며 요르단 강에서 그에게 세례를 받았다.
7   그러나 요한은 많은 바리사이와 사두가이가 자기에게 세례를 받으러 오는 것을 보고, 그들에게 말하였다. "독사의 자식들아, 다가오는 진노를 피하라고 누가 너희에게 일러주더냐?
8   회개에 합당한 열매를 맺어라."

# 러시아 방물장수의 십자가

한국에 유학생으로 왔다는
러시아 방물장수가
휴대폰 고리를 들고 찾아왔다.
초록 잎사귀가 달린
빨간 십자가에서 쏟아져 나오는
짙은 이국의 향기를 맡다가
백설 공주처럼 잠들어
백마 탄 왕자의
키스를 받고 깨어나야 하는
호기심 많은 백설 공주의
결말을 상상하면서
휴대폰에 매달린 러시아 방물장수의
조그만 십자가를 만지작거리다가
마침내 사고야 말았다.

나사렛 전통시장

## 티모테오에게 보낸 첫째 서간 제6장

9    부자가 되려고 애쓰는 사람은 유혹에 빠지고 올가미에 걸리고 어리석고도 해로운 온갖 욕심
     에 사로잡혀서 파멸의 구렁텅이에 떨어지게 됩니다.

# 마리아와 꽃석류

꽃석류 그늘 아래
너울 쓴 마리아
아기 예수 볼 비비며
기도는 강물 되고

아기 예수 작은 손에
석류알 건네줄 듯
늘어뜨린 가지 끝에서
쪼개지는 석류 웃음

꼬깃꼬깃 접혀 있던
봉오리 풀어지며
꽃석류 나무에
꽃등이 켜지네

기도의 강에
꽃등은 밝고.

# 성모 마리아님의 복되신 잠, 성모 영면 성당

성모 영면 성당 지하 중앙에 잠들고 계신 마리아님께서 복된 잠에 들고 계신 모습은 평화롭다. 지상에 심부름 오신 밝고 환한 천사들처럼 빛나는 촛불들은 우리들을 위해 기도하는 순결한 영혼 같다. 오, 고결한 촛불 자매들이여…….

아들 예수님께서 십자가에 못 박히는 모습을 온몸이 찢기어지는 아픔으로 손수 지켜봐야 했던 성모님, 우리의 자녀들을 위하여 빌어주소서.

생활 속에서 기쁨과 소망으로 하느님 아버지께 영광 돌리게 하시고, 캄캄한 절망 중에 도움을 구하는 영혼을 위하여 기도하여 주소서.

하늘에 오르시어 마중 나오신 예수님을 만나신 성모 마리아님이시여, 가나 혼인잔치에 포도주가 떨어진 것을 알고 예수님께 부탁하셨던 자비로우신 마리아님, 우리들의 살림살이를 위해서도 섬세하신 자비를 베풀어주시어 궁핍하고 곤란한 자녀가 고통 받는 일이 없도록 기도하여 주소서.

병들어 질병으로 고통 받는 외롭고 가여운 영혼들을 기도해 주시어 그들이 하늘나라에 소망을 두고 기쁜 마음으로 하루하루를 보내게 하여 주소서.

우리들의 마음이 비뚤어지는 일 없이 성모 마리아님처럼 하느님의 말씀에 순종하는 복된 영혼이 되도록 기도하여 주소서.

세계의 청년들에게 역동적인 꿈을 주시어 인생을 의미 없이 허비하지 않게 기도하여 주시고 이웃들을 도우며 예수님의 사랑을 전하고 나누는 환희의 삶을 살게 하여 주소서.

죽는 날까지 하느님께 영광 돌리는 예배에 참여하는 기쁨을 누리도록 기도하여 주시고 우리가 죽을 때에도 천상에 들어가도록 도와주소서.

# 예수님의 사람들

마리아와 꽃석류

성모 마리아님의 복되신 잠, 성모 영면 성당

카르멜 수도원

나무여 너와 함께

그 먼 여행을 위한 배웅

성모 영보기념 성당

# 카르멜 수도원

햇볕이 뜨거울수록
그림자는 더 진해지고
가을이 다가오면
나무들의 푸른 잎사귀엔
검은 빛이 더해진다.
카르멜 수도원의 정적은
입 안에서 자칫 굴러 떨어진
말조차 공중에서
증발시켜 버린다.
필요한 말도 필요하지 않은 곳
하느님의 말씀만으로
치장하고 배불리고 사는
세상 속에 뻗어 있는
무수한 길들을 지우고
예수님 지신 십자가 위를
외나무다리 건너듯
걸어서 하늘나라로 가려는
사람들의 집 카르멜 수도원
그들의 사랑은
침묵 속에 흔들리는
숨결도 고백이 된다.

# 나무여 너와 함께

나무여 너와 함께 길가에서
나는 한그루 나무이다.
가느다란 겨울 달이
차가운 이마를 딛고 가는 밤
나는 영혼과 함께 깨어 있다.
시린 얼굴 위로
눈이 내리다가
비가 내리다가
멈추지 않는 바람하며
나는 흔들어 줄 잎사귀도 없이
별처럼 떨고 있다.
이런 기다림이 있더냐
이토록 매정한 사랑도 있더냐
나는 서 있을 것이다.
내 절망에 희망이 술렁일 때 까지
내 기도에 하늘이 울어 줄 때 까지
나무여 너와 함께 길가에서
나는 한 그루 나무이다.
커가는 기다림이다.

## 사도행전 제3장

8 벌떡 일어나 걸었다. 그리고 그들과 함께 성전으로 들어가면서, 걷기도 하고 껑충껑충 뛰기
도 하고 하느님을 찬미하기도 하였다.

# 그 먼 여행을 위한 배웅

믿고 싶지 않고 인정하고 싶지 않고 납득되지 않는 일들은 사실 특별하고 요란스럽게 오는 것이 아니라 일상적인 언어를 통하여 우리의 삶 안으로 들어온다. 그 중에서 사랑하는 가족이 어느 날 죽는다는 것은 최고의 아픔이요 충격이다. 그렇게 세상은 돌아가는 것인 줄 알면서도 새삼스럽게 자기에게 닥친 일은 세상에서 겪는 처음이며 제일 큰 일로 받아들여진다. 정말 죽음은 가을날 단풍이 아름답게 산을 물들이며 사라지는 것처럼 고운 풍경일까.

기독교인으로 죽으니 천국에 갈 것이니까 잘 되었다고 축하의 꽃다발을 안겨주며 즐거운 축제의 노래를 불러주어야 하는 걸까.

누가 무어라 해도 죽음 앞에서는 숙연하다. 이제 더 이상 대화도 나눌 수 없고 밥도 같이 먹을 수 없다. 우리는 떠난 이의 생각을 더 이상 들을 수 없다. 보고 싶어도 그를 만날 수 없고 떠난 이는 더 이상 우리에게 다가올 수 없다. 영원한 지상에서의 이탈…. 대화가 종료된 침묵 속에 한 사람이 빠져 나간 자리들은 산사태 난 흙더미처럼 무너져오고 무너진 자리들이 단단해져 오는 데는 많은 시간이 걸리며 시간이 지나도 회복되지 못하는 경우도 있다.

임종의 자리는 먼 여행자에게 전하는 마지막 말들로 마음이 바쁘다. "미안하다, 사랑한다. 용서해 주십시오." 이러한 말들이 주로 오간다. "다음에 맛있는 것 사줄게. 이번 연휴에 같이 놀러가요. 쇼핑가요. 용돈 필요하세요?" 이런 말은 조금 아플 때까진 가능하지만, 다른 아무 말이 다 소용없고 몇 가지 말만이 매우 단순하게 오고 가는 순간이 임종의 순간이다.

여기서 제외된 것들은 살아 있을 때 했어야 했던 것이다. 서로 건강을 위해 주고, 다정한 말 하고, 열심히 즐겁게 생활하는 것….

성 요셉, 예수님의 양부께서 임종하시는 성화는 밝고 평화롭다. 예수님과 성모 마리아께서 곁에서 성 요셉의 먼 천국 여행길을 배웅하고 계신다. 평강의 왕, 하느님의 아들 예수님께서 지켜 주시는 임종을 맞고 있는 성 요셉은 인간으로서 대복을 누리고 있는 중이다.

성 요셉 님, 저희들이 이 세상 떠나는 시간에 평화와 환희가 있도록 기도하여 주십시오.

유재명 서양 화가의 〈떠나는 님〉

## 로마 신자들에게 보낸 서간 제6장

3 그리스도 예수님과 하나되는 세례를 받은 우리가 모두 그분의 죽음과 하나 되는 세례를 받았다는 사실을 여러분은 모릅니까?

4 과연 우리는 그분의 죽음과 하나되는 세례를 통하여 그분과 함께 묻혔습니다. 그리하여 그리스도께서 아버지의 영광을 통하여 죽은 이들 가운데에서 되살아나신 것처럼, 우리도 새로운 삶을 살아가게 되었습니다.

5 사실 우리가 그분처럼 죽어 그분과 결합되었다면, 부활 때에도 분명히 그리될 것입니다.

**김상원(테오필로) 신부님**(사진 제공)

세례: 수원교구 과천본당
소속: 작은형제회(프란치스코회)
1996년: 수도원 입회
2005년: 사제서품
2006년 7월 20일: 성지 예루살렘 입국. 예수님 무덤 성당 소임
2009년 9월 12일: 세례자 요한 광야 수도원
2010년 8월 20일: 예수님 무덤 성당에서 살고 있음